365日のスプーン

おーなり由子

大和書房

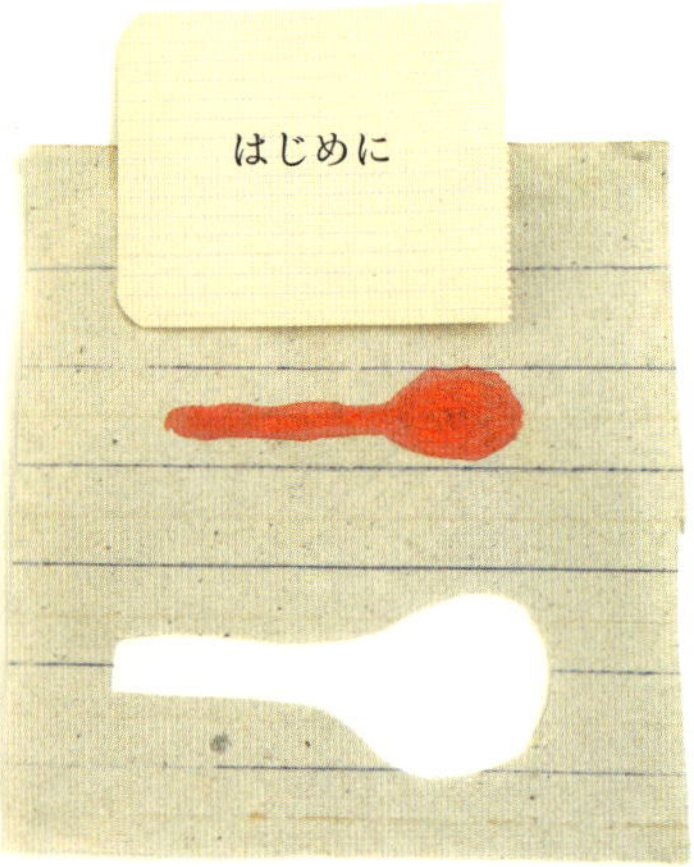
はじめに

まいにち、まいにち。
スプーンひとさじぶんの、うれしい計画。
スプーンひとさじぶんの、魔法をかける。
かなしみも愛せるような
ひとさじの幸福なことばを――。

365日の、今日をえらんで。
365日の、好きな日をのぞいて。
365日の中の、偶然ひらいたページ。
365日、どこからでも、お読みください。

Contents
1 2 3 4 5 6 7 8 9 10 11 12

January 1

February 41

March 79

April 117

May 155

June 193

July 231

August 269

September 307

October 345

November 385

December 421

あとがき 459

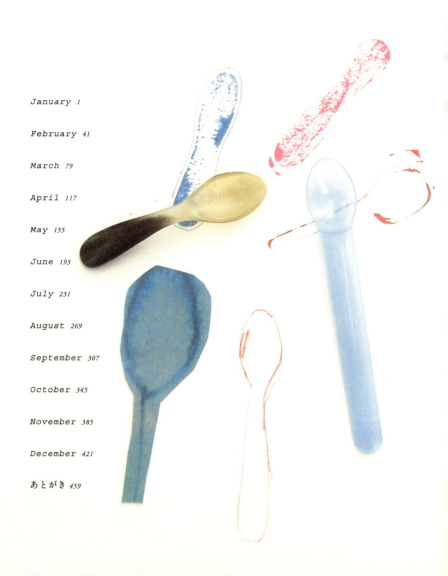

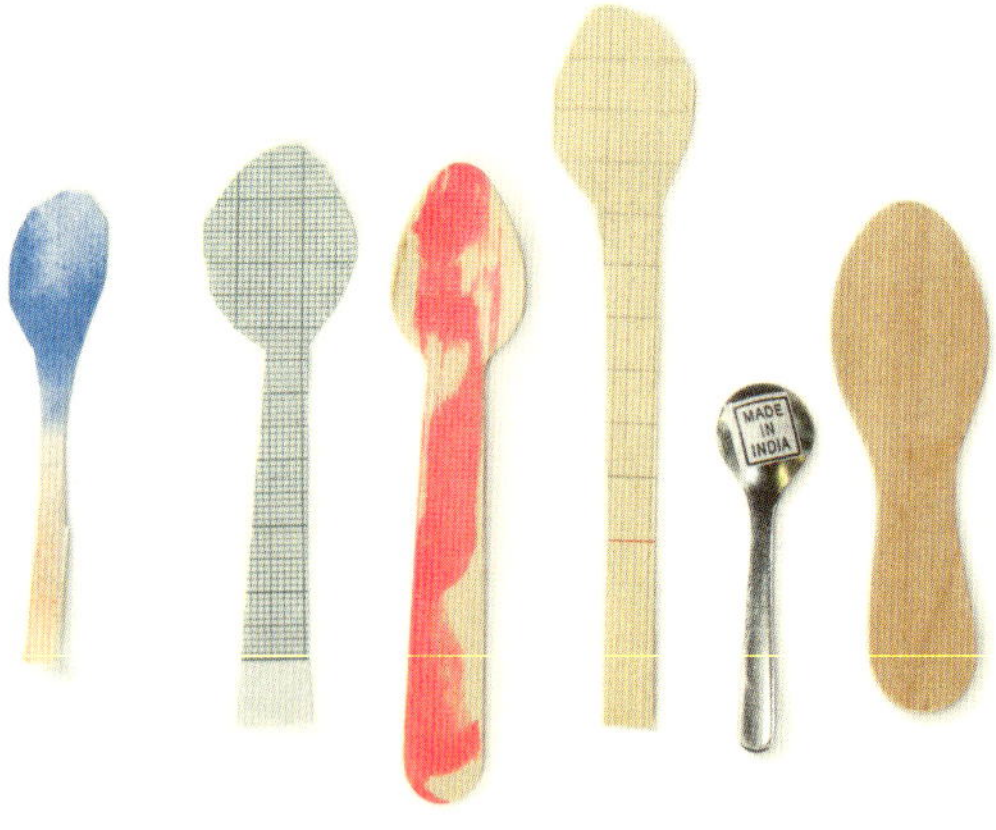
MADE IN INDIA

365日のスプーン

Happiness comes every day.
Wonderful plan of one spoon.

January

01

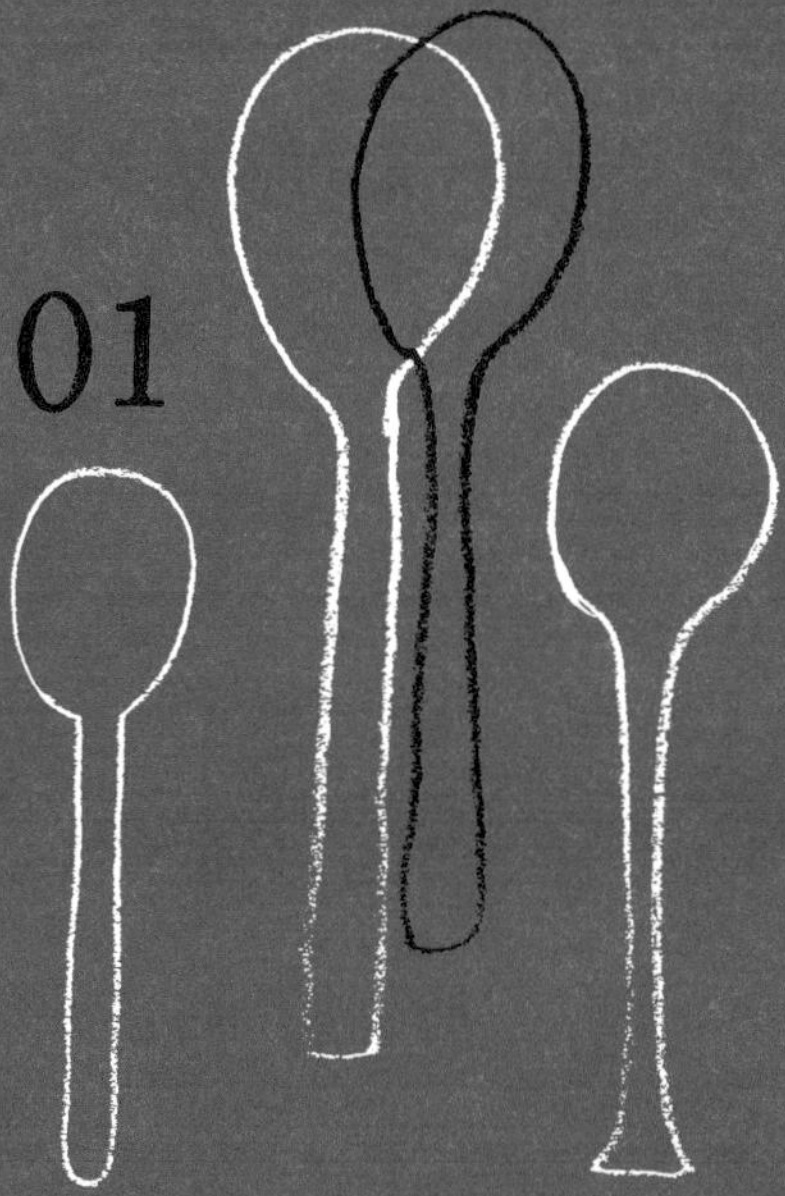

1月1日

Jan

スプーン一杯のハチミツを
たいせつになめる。

おまじないのように
かならず一杯だけ
だいじに舌のうえにのせる。

あたらしい一年のはじまりの
幸福のひとさじ。

1月2日

Jan

花をかざる。
家じゅうに。

寝室にも
キッチンにも
バスルームにも。

そして
犬小屋にも。

1月3日

Jan

あたらしい夢を
かきとめる。
真夜中にみた夢も。
真昼にみた夢も。
目をあけてみた夢も。

1月4日

Jan

恋人と
はじめてのときみたいに
キスをする。

1月5日

Jan

日の出の時間をしらべて
くらいうちから
ちかくの
空がひろくみられる場所に出かける。
うまれたての冬の朝日を見にいく。

1月6日

Jan

あたらしい石けんの
つつみをあける。
（においをかぐ）
（あの、印字のレリーフを、ゆびさきでなでる）

1月7日

Jan

なべで
お米からおかゆをたく。
なべの中でおどる、お米のつぶつぶ。
なべのはじっこでくつくつわらうあわつぶ。
ゆるゆるのおかゆ。

梅干しの赤が
おも湯の中に
すうっと、しずむのを見とどける。

1月8日

Jan

ロングコートを着て
くるっと、まわる。
すそを
ひらりとさせる。
そして
にっこり。

1月9日

Jan

道ばたで出会った猫に
話しかけてみる。
ニャアアア
と
猫のことばで。

1月10日

Jan

自転車をこぎながら
凍るような夜空を
見あげる。
犬の遠吠えみたいに。

1月11日

Jan

遠くはなれた
好きな人と
電話しながら
おなじ月を見る。

1月12日

Jan

朝
東側の窓のカーテンを
おもいきりよく、いっぱつで開ける。
「シャーッ」と。
心地よい音をさせて。

ひかりを
からだじゅうで食べるように
たくさんあびる。
まるで、朝ごはんみたいに。

1月13日

Jan

おちこんでいるともだちに
スープを
つくってあげる。
野菜のごろんとはいった
あつあつの
とうめいなスープ。

1月14日

Jan

月のみちかけについて知る。

冬の太陽は
ひくく
冬の月は
たかくのぼります。

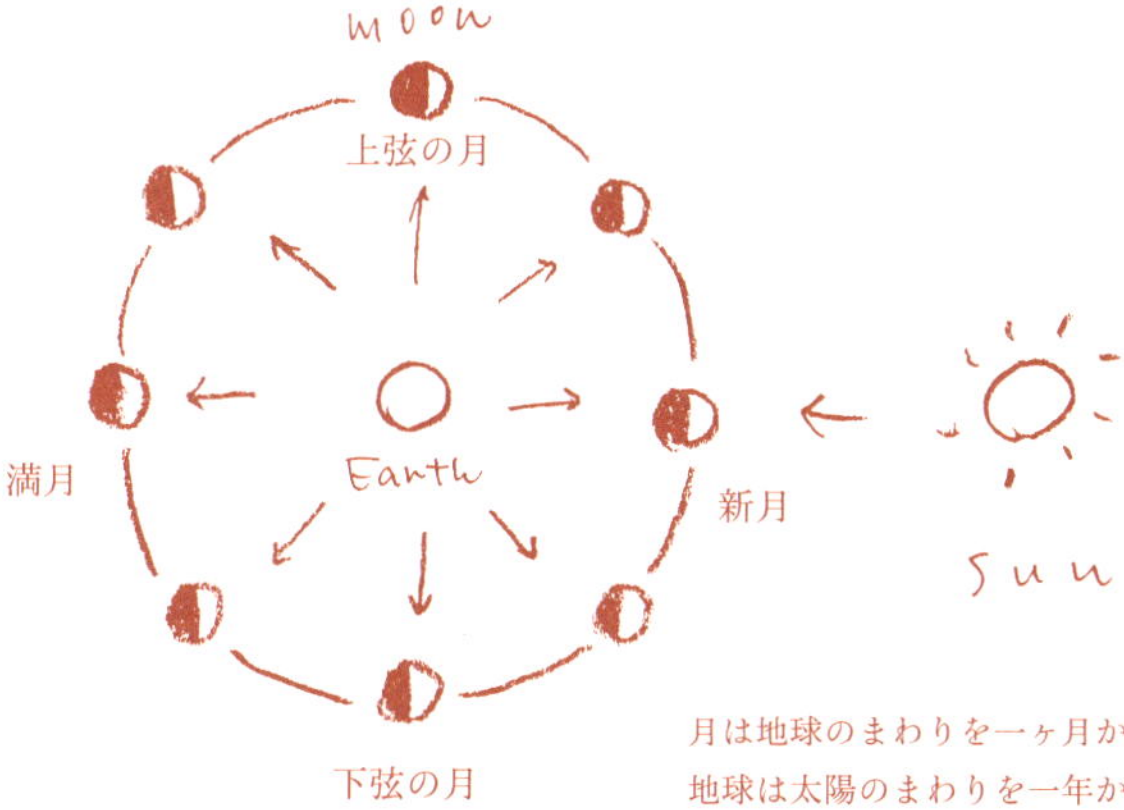

月は地球のまわりを一ヶ月かけてまわる
地球は太陽のまわりを一年かけてまわる

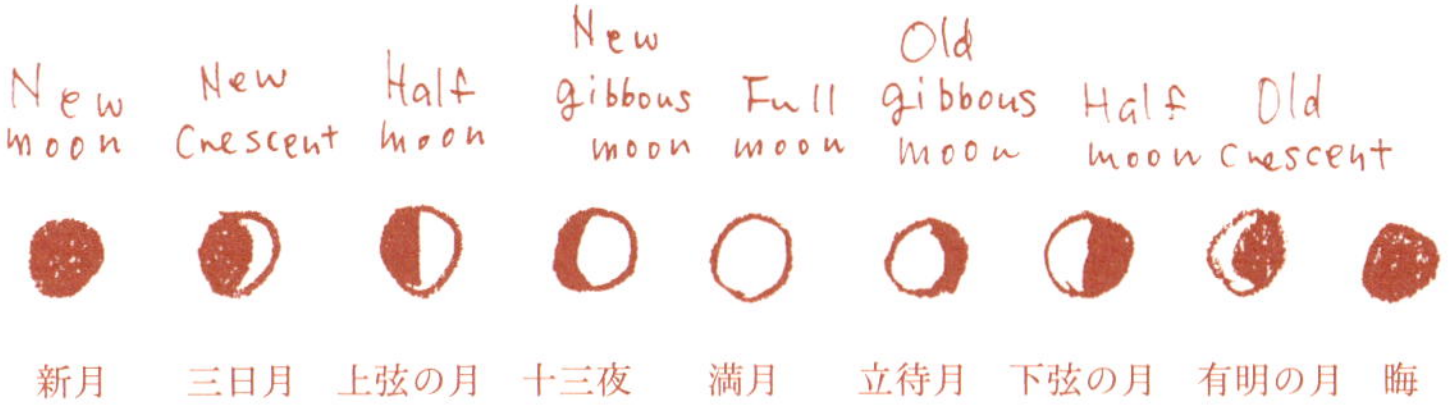

1月15日

Jan

「ブローチ」

ずっと言えなかったことばを
告白することにする。

とちゅうでくじけないように
おまもりのかわりに
ひかるブローチを
ひとつえらんで
胸につけていく。

1月16日

Jan

好きなひとの目の中にいる
自分の顔を
みつめる。

1月17日

Jan

お気に入りの
スプーンを
ひかりの射しこむテーブルに
背の順にならべてみる。

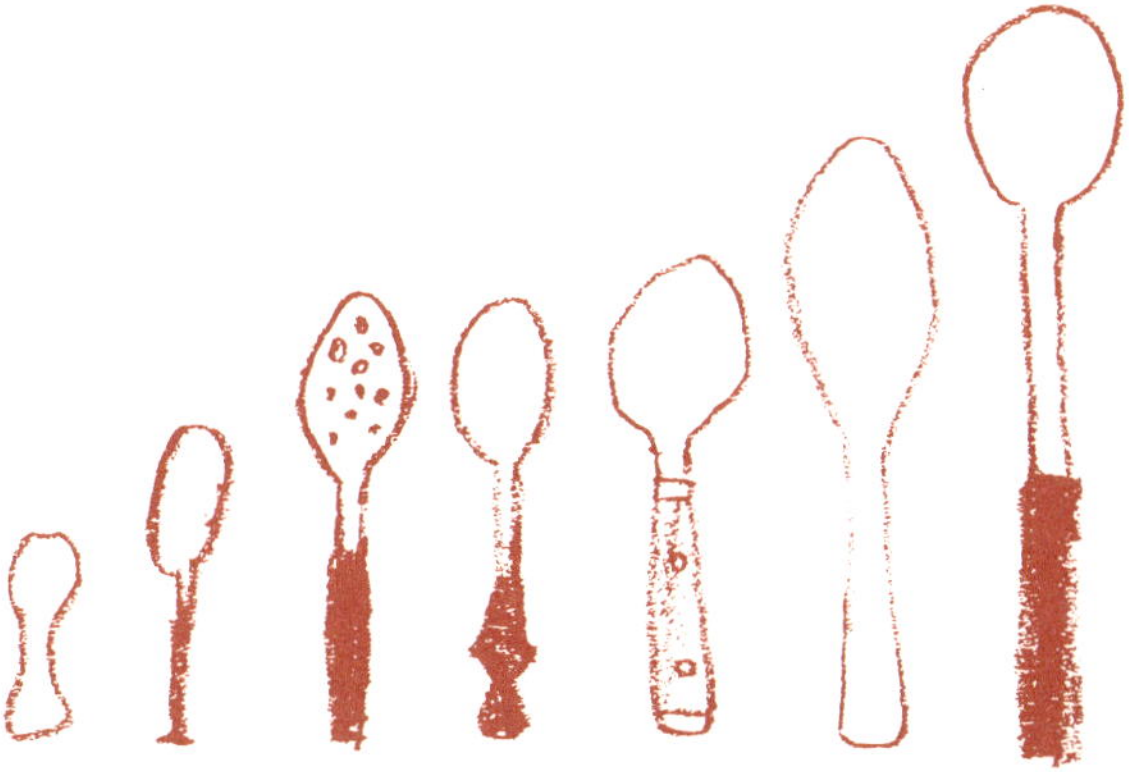

1月18日

Jan

こたつで
アイスクリーム。
（いちばん好きなスプーンで）

1月19日

Jan

長いこと話していないともだちに
おもいきって
電話をする。

1月20日

Jan

寒い公園で
ホットココアを飲む。

ふうっとふいて
ゆげのゆくえを見る。
ゆげの白と、くもりぞらの色とを、見くらべる。

どっちが白い？
どっちがやさしい？

1月21日

Jan

とおまわりして
恋人に会いにいく。

1月22日

Jan

迷うことも
楽しみのひとつ。

1月23日

Jan

とおい国のことを考えてみる。

自分の知っている世界とは
ぜんぜんちがう生活が
おなじ時間
同時に世界にあること。

学校に行かない人。
狩りをする人。
会社に行かない人。
はだかで散歩する人。
のことを考える。

1月24日

Jan

あついカフェオレで
てのひらを
あたためる。
両手で。
すっぽりつつんで。

1月25日

Jan

いつも乗る電車
しらない街でおりてみる。
しらない街のおふろ屋さんに
はいってみる。
しらない人と話しながら
お湯につかる。

1月26日

Jan

くちぶえを
ふいてみる。

1月27日

Jan

すきなひとのてのひらを
ていねいに
たいせつに
なでる。

いとおしく。
やさしく。

1月28日

Jan

枕　毛布　シーツ　ふとん
ふっくらと
きれいに　ととのえて
「いってきます」
と、声かけて、おでかけ。

1月29日

Jan

冬の富士山を見にいく。

1月30日

Jan

「雲を食べる」

雲をさわる想像をする。
雲を食べる想像をする。
（うでが、ぐんとのびたとして）

＊もしも、口にいれた雲が、
味のないお菓子みたいだったとしたら、
何シロップをかけるか、考える。

1月31日

Jan

ずっと迷っていることの
決心をする。
自分の奥からきこえてくる声に
勇気を持って　したがう。

02

February

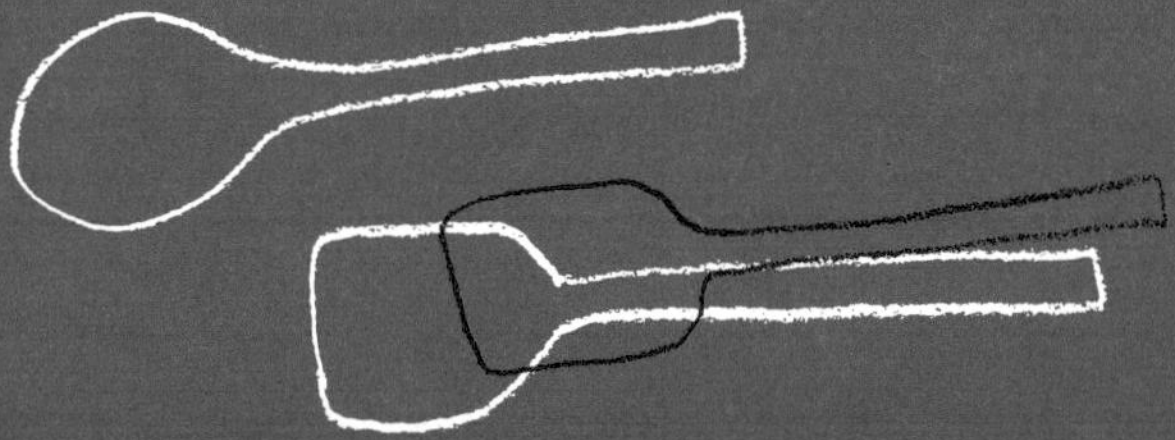

2月1日

Feb

真夜中
ひとりのとき――
好きな人のなまえを
そっと　呼んでみる。
ためいきみたいに。

2月2日

Feb

じゃがいもの
ポタージュスープを
たっぷりと
つくりおきする。

朝のパンに
夜のごはんに。
あたためて、しみじみスープ。

2月3日

Feb

好きな色
好きな模様
好きな手ざわりの紙をあつめて
手紙の封筒をつくる。

どの色をだれに出そうか。
一番きれいにできたのは
だれにあげたいか
かんがえながら。

2月4日

Feb

「しもばしらの楽しみ」

1　早起きして、しもばしらをふむ。

2　しもばしらを横からながめる。
（こおりの御殿）

3　しもばしらの
ちいさなこおりの柱に
朝のひかりが透けて屈折するのを見る。

4　じゃりん、ざくざくと、こわす。

2月5日

Feb

コーヒーを入れて
とっておきのチョコレートを
3粒だけ食べる。

2月6日

Feb

片想いのひとが
すきなこと
よろこぶこと
いつもたのしそうに
話していることについて
思い出してみる。

おもわずにっこりと
してくれるプレゼントを
あげるために。

2月7日

Feb

くちびるに
キスをする——
と、
思わせて
鼻のあたまに
キス。

2月8日

Feb

電気を消して
ろうそくのあかりで
おふろにはいる。
ゆぶねにうつる火を見る。
水面にゆれる火をさわって
花びらのようにちらす。

2月9日

Feb

こごえるような木枯らしの中、
ようやく家にたどり着いたら
あついお湯を沸かして
冬の中国茶、八宝茶をいれる。

杏子、クコの実、なつめ、きくらげ、菊の花——
とりどりの色がゆれるのを見ながら
ふうふうと、すする。
湯気をあびながら、
こごえたまつ毛を、まばたきしてとかす。

2月10日

Feb

「ゆきだるま」

街に雪が積もったら
白くてきれいなところをすくって
ゆきだるまをつくる。
てのひらに、のるぐらいの。
冷凍庫に入れて、時々あいさつ。

2月11日

Feb

「雪さんぽ」

雪さんぽに
でかける
街の中に雪だるまがいくつ見つかったか
かぞえながら、あるく。

おおきいのもちいさいのも、みんな。
こわれかけのも、りっぱなのも。
家の前や空き地や学校のも、
みんな、みんな、みんな。

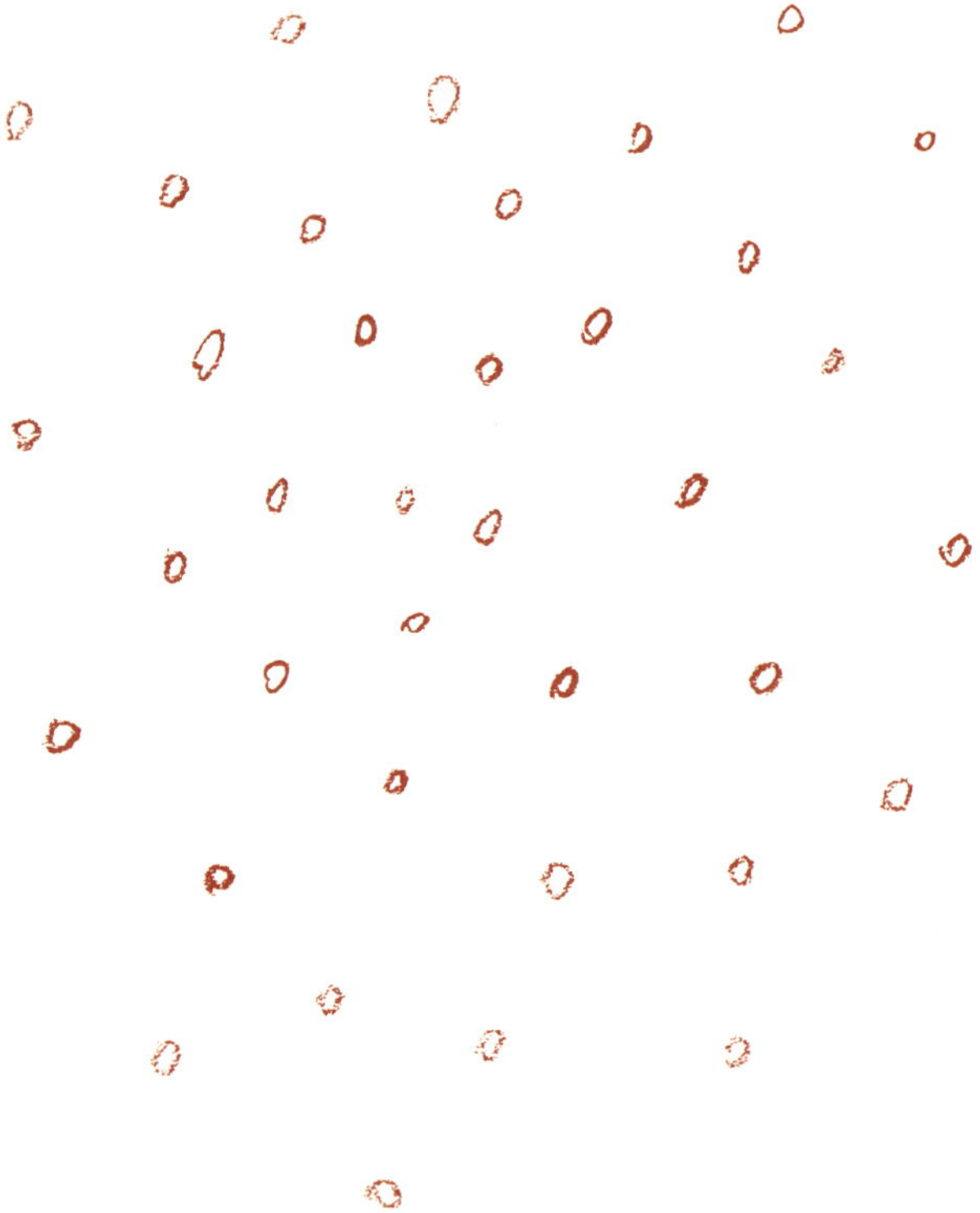

2月12日

Feb

オーブンの窓から
スポンジケーキが
ふくらむのを
顔をまっかにして見る。

2月13日

Feb

「バレンタイン（片想い編）」

後悔しないために――
さて、計画を実行。

2月14日

Feb

「バレンタイン（恋人編）」

チョコレートをあげたあと
恋人のまつげにキスをする。
とびきりていねいに
こころをこめて。
ほほやてのひらにもキスをする。
くちびるは最後。

2月15日

Feb

「リセット」

夜——
いちにちをリセットするつもりで
歯をみがく。
「0」に　リセット。

あしたは
また
あたらしいわたし。

2月16日

Feb

「あいさつ」

朝――
あたらしいわたしに
「はじめまして」
と、あいさつするようなつもりで
顔をあらう。

目がさめるような
つめたい水で。

2月17日

Feb

あったかいタイツ
と
ブーツ
と
ニットの帽子。
そして
ダウンのコートで
極寒のなか、冬散歩にでかける。
冬将軍になんか、まけない。
おおまたで歩く。

2月18日

Feb

やわらかい布で革靴を
ていねいにみがく。
ミツロウ入りのクリーム。

ぴかぴかになった靴を
玄関にならべて
うっとりながめる。

2月19日

Feb

朝のひかりが落ちている
ふとんの、あかるいところを
てのひらで、さわる。

2月20日

Feb

焼きプリンを、ひとさじずつ。
舌のうえにのせて、つぶしながら
ゆっくりあじわう。

2月21日

Feb

「春一番」の強風の
にぎやかな音に耳をすます。
その音を、きこえるままに
ノートに書きとめてみる。

ごみ箱がひっくりかえる音。
鳥の声、枝のゆれる音。
おっこちる物干しざおの音。
自転車のたおれる音。

空とおく
春の口笛――

2月22日

Feb

すっぱい梅干しの
梅昆布茶をいれる。
梅をひとえだ
部屋にかざる。

2月23日

Feb

おふろに
もぐって
ぶくぶくいう。

2月24日

Feb

とおい
地球の裏側の国の
しらない家で、おいしいパンが
こうばしく焼けるのを想像する。

せんたくものが
かわいらしくはためくのを想像する。

2月25日

Feb

あんあんと
こどものように
声をあげて
泣いてみる。

2月26日

Feb

しばらく
追いかけないことにする。

2月27日

Feb

双眼鏡で
流れ星をさがす。

2月28日

Feb

オーバーコートに
まっ白い
春のスニーカーをはく。
オーバーコートに
カゴバッグをもつ。

2月29日

Feb

「二月二九日」

四年後の約束をする。
できるだけたのしいこと。
こころまちにできること。
四年という時間が必要なこと。

おたがい、
アイデアを出しあって
かたく約束。

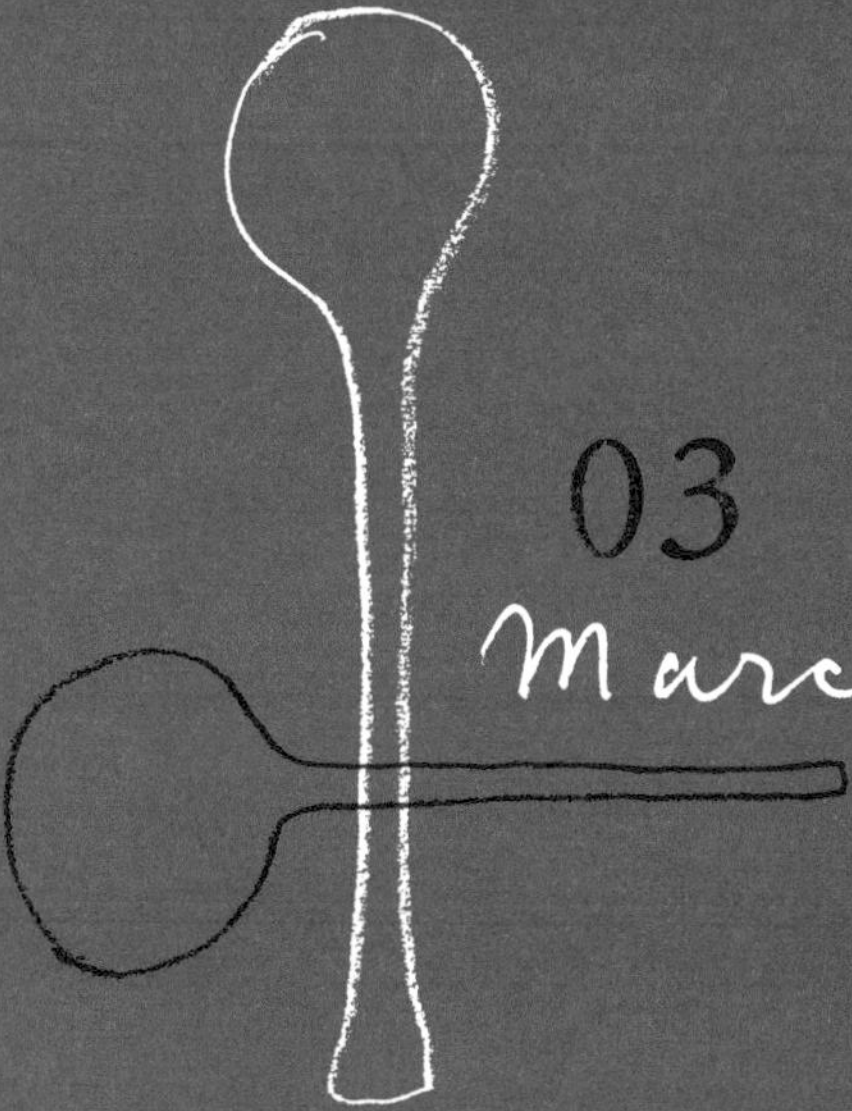

03
March

3月1日

Mar

さて。
たちどまって、かんがえよう。

わたしが
こころおどるのは
どっちの道
だろうか。

3月2日

Mar

あかるいチューリップを
ひとかかえ。

部屋に色をさすように
ひかりをさすように
大きく生ける。

3月3日

Mar

ちいさいひな人形と
桃の花を
テーブルにかざって
おんなともだちと
おひるごはん。

3月4日

Mar

今日は
てっていてきに
みちくさしよう。

3月5日

Mar

公園に
毛布を持参。
ベンチにすわって
毛布をひざに掛けて
ともだちと
あたたかいのみものを飲む。

3月6日

Mar

散歩中
穴をみつけたら
のぞいてみる。

3月7日

Mar

ようやく見つかったさがしものに
話しかける。
「会いたかった!」
と。

3月8日

Mar

花びらのような
春のぼたん雪を
てのひらでうける。

雪が手の体温で、しずかにとけて
まるで
なみだのあとのような水になるまで
しずかに見とどける。

3月9日

Mar

時が
満ちるまで
待つ。
待つ。
待つ。

3月10日

Mar

生きていくことが
こわくない人なんて
いないんだと知る。

3月11日

Mar

ひとりぼっちを
知らない人なんて
いないんだと知る。

3月12日

Mar

あきらめないことにする。

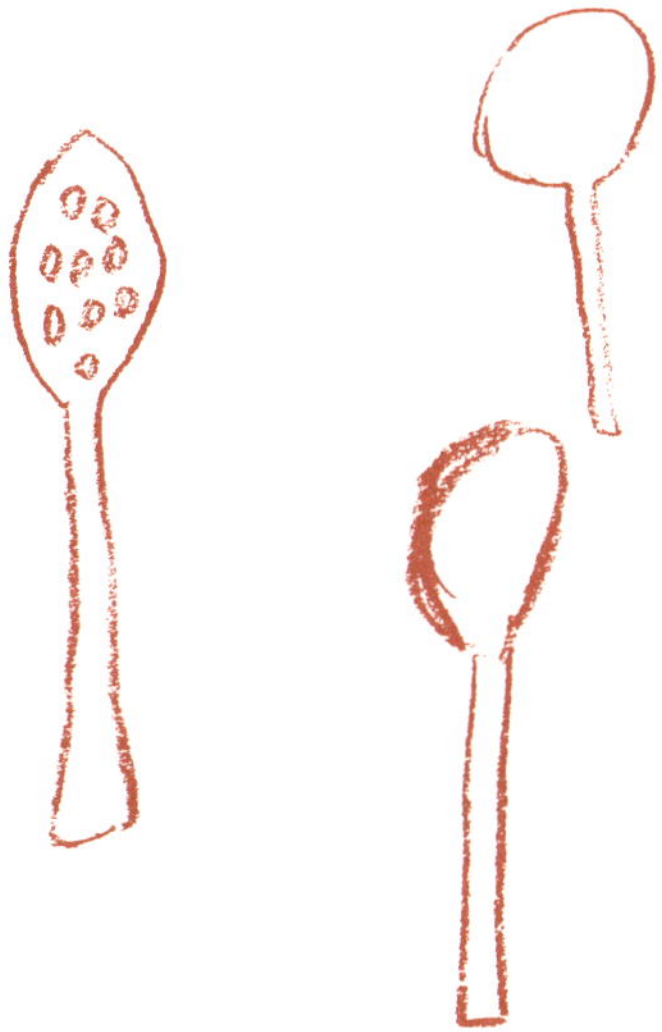

3月13日

Mar

学校の屋上
ジャングルジム
ビルの階段――

高いところにのぼって
くもりぞらを見おろす。

風にふきあげられるシャツ。
あたらしいきもちをすいこむ。

3月14日

Mar

ともだちに
手紙を送る。
花の絵のついた
記念切手をはって。
春の音楽を同封して。

3月15日

Mar

恋人と
手をつないで　ねむる。
（おなじ夜をすごすために）

3月16日

Mar

恋人と
おでこをくっつけて　ねむる。
（おたがいの夢にあそびにいけるように）

3月17日

Mar

大きめの白いお皿に
絵をかくように
サラダを盛りつける。

(白い色も、ちゃんとのこして)
(ぎゅうぎゅうづめに、もらないこと)
(赤いトマトは、絶対ひつよう！)

3月18日

Mar

とおくはなれている
ともだちのことを、考える。
会いたい人を、かぞえてみる。

3月19日

Mar

「いいこ」

つよくおおきな春風に
たちむかうように立って
目をとじる。
風に、おでこをなでてもらう。

「いいこ」
「いいこ」
と、春風にほめてもらう。

3月20日

Mar

春の北斗七星をさがす。

3月21日

Mar

「春の土」

スコップで
春先の土を掘りかえす。
養分たっぷりの
ふかふかの枯葉（腐葉土）を、まぜこむ。

土に手をつっこんで
しばらく目をとじる。
春のしめりけと
あたたかさを、たしかめるため。

3月22日

Mar

春休みの小学校にしのびこんで
てつぼうで
まえまわりしてみる。

3月23日

Mar

うすみどりの
よもぎ茶をいれる。
春のにおい。
ひるさがり。
黒砂糖カステラといっしょに。

3月24日

Mar

おちこんでいるともだちの
てのひらと指を
ていねいにマッサージしてあげる。

なぐさめのことばを
かけるのをやめて
肩をもんであげる。

3月25日

Mar

「種まき」

種をまく。
やわらかく土をかぶせて
霧吹きで水。

土をしめらせたら
しゃがんで、ほおづえついて
ひかる緑におおわれた
初夏の庭を思いうかべる。

3月26日

Mar

「海辺の街」

風のつよい
海辺の街で

空から落ちてきた
カモメの羽根を
ふわりと
つかまえる。

3月27日

Mar

きいろい菜の花の
青いにおいのなかで
しゃがみこむ。

3月28日

Mar

窓をあけて
鳥の声をさがす。
公園で
鳥の声をさがす。
駅にむかう道で
鳥の声をさがす。
雑踏のなかで
鳥の声をさがす。

3月29日

Mar

恋人のあたまを
なでてあげる。

恋人にも
お願いして
自分の頭を　なでてもらう。

3月30日

Mar

時計をはずす。

3月31日

Mar

なかなおりするために
あやまる。
こころから。

04

April

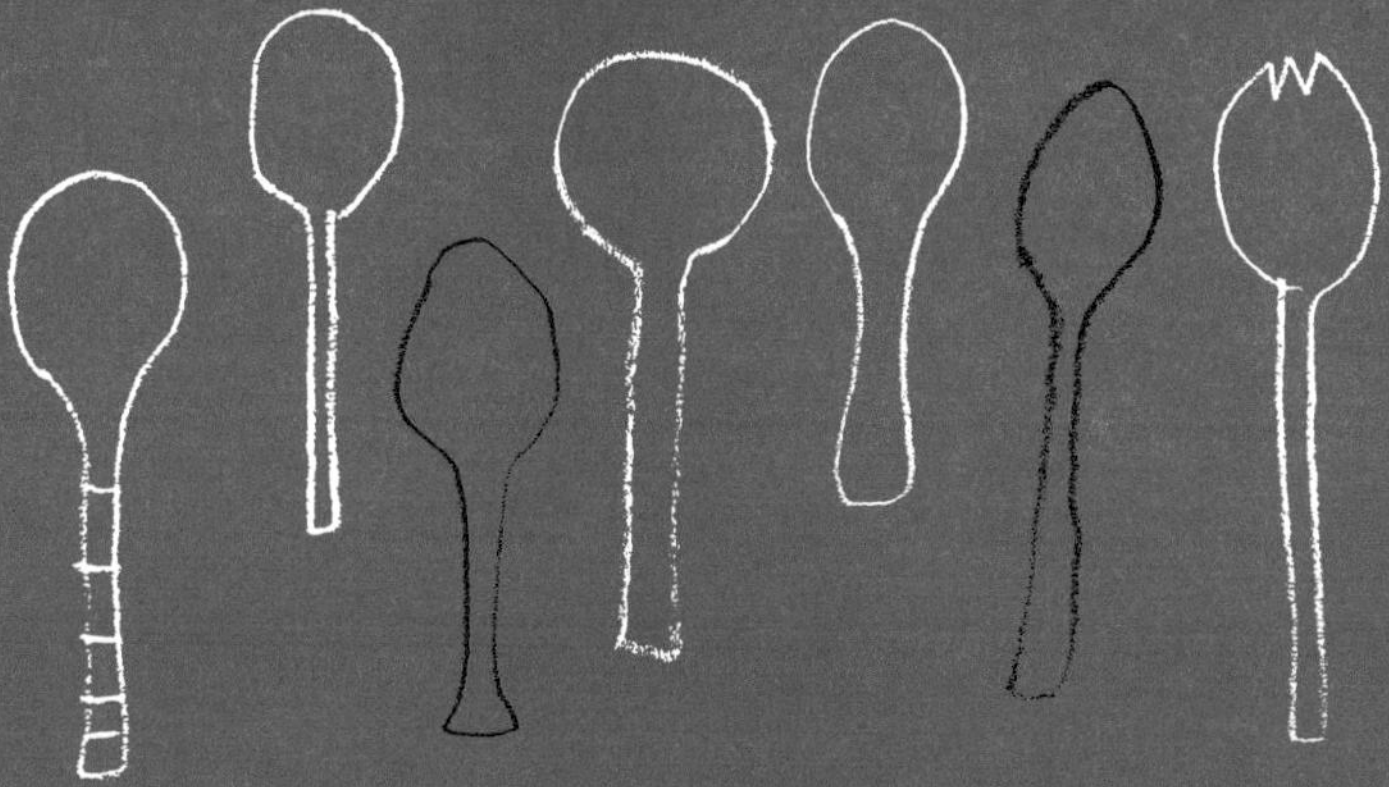

4月1日

Apr

春のむかいかぜに
スカートをはためかせて
立つ。
風の力を
からだに　よびこむために。

4月2日

Apr

「さくら餅の食べくらべ」

餅米のつぶつぶ、道明寺は関西風。
さくら色の薄皮は、関東風。
さくらの葉っぱの塩漬けも、のこさずに。

4月3日

Apr

桜の木の根本に
ともだちと
約束のたからものを埋める。

4月4日

Apr

陽あたりのいい席に
すわって
おひるごはん。

4月5日

Apr

あたらしい靴の
ためしばき。
ごつん、ごつんと
家の床を
うれしくあるく。

4月6日

Apr

風のある日を選んで
さくらの花を見に行く。
枝をあおいで、さくらの下に立ち
花びらの雪を、全身にあびる。

4月7日

Apr

発芽したての
ちいさいみどりたちの
やわらかい葉っぱを
てのひらでなでる。

4月8日

Apr

「おにぎり隊」

ちいさいおにぎりを
たくさん、たくさんつくる。
「前へならえ」
ころころと
お皿にかわいらしく整列。

4月9日

Apr

「さくら湯」

さくらがやわらかく散って
積もっているところにしゃがんで
花びらを両手ですくう。

さらさらと
さわる。

お風呂にいれると
さくら湯のできあがり。

4月10日

Apr

「おぼろ月」

とろけそうな
きいろい春の月を見かけたら
それを、ひとくち、なめてみる想像をする。

・カスタードクリームみたいに　甘いか。
・コーンポタージュみたいに　とろとろか。
・バナナジュースみたいに　いいかおりか。

4月11日

Apr

あたらしいノートに
なまえをかく。

4月12日

Apr

あかるい花束のようなプリントの
コットンのフレアスカートを
さがしにいく。

4月13日

Apr

ワッフルを焼く。

こうばしい甘いにおいが
部屋じゅうに立ちのぼる部屋で
メープルシロップを
どっさりかけて
白いサワークリームをつけながら
ともだちと口いっぱい、ほおばる。
くちびるについた
甘いシロップも
のこさず、ぺろり。

クイック、ワッフル

たまご　2個
ミルク　160cc
とかしバター　60g
小麦粉　　1と1/3カップ
塩　ひとつまみ
ベーキングパウダー　小さじ2
砂糖　小さじ1.5
バニラエッセンス　少々

1、たまごをまぜる

2、

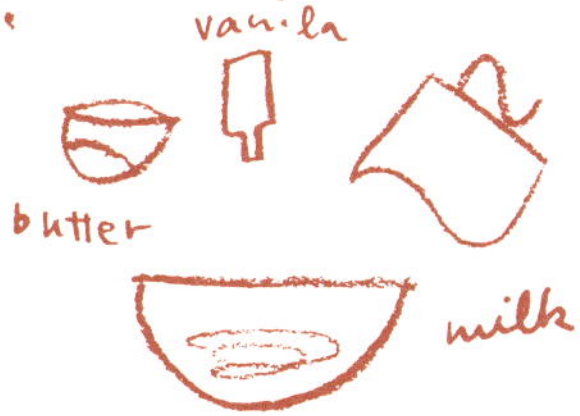

ミルク、とかしバター、
バニラエッセンスをまぜる

3、

別のボウルに
小麦粉、ベーキングパウダー、
砂糖、塩をまぜる

4、

2に3をいれて、
さっくりまぜる

5、

ワッフルメーカーで
こんがり

4月14日

Apr

気ままな夜ざくら。
さくらの花の塩漬けがのっかった
あんぱんを
ベンチでほおばりながら。

4月15日

Apr

おふろで本を読む。
（すぐそばに、つめたい
炭酸入りのミネラルウォーターを用意して）

4月16日

Apr

「てのひらを　かわいがる日」

1　あたたかいお湯や、ホットタオルで
てのひらをじゅうぶんに、あたためてから
花のオイルで指いっぽんずつマッサージ。

2　最後に恋人におねがいして
手の甲にキスをひとつしてもらう。

4月17日

Apr

「恋人のてのひらを　かわいがる日」

1　恋人のてのひらをさわる。

2　やっぱり、あたためてからマッサージ。
ぎゅっ、ぎゅっ、とツメを指圧。

3　しあげ。
てのひらにキス。

4月18日

Apr

「花茶」

ジャスミンの香りの
中国の工芸茶をいれる。

赤い千日紅の花が
茶葉の中から
ぽこん、と、うかびあがる春のお茶。
水中花のように、ゆらゆら。

透明なガラスのカップで。
女友達と
ひかりのある午後に。

4月19日

Apr

「春眠」

ゆっくりとおきる。
できるだけ
ゆっくりと
あさごはんをたべる。

4月20日

Apr

たんぽぽを摘む。

4月21日

Apr

「会ったことのない友だち」

とおいアジアの
山奥の国について、かんがえる。
テレビもラジオも電子レンジもないところ。
ひくい屋根の家や、庭にはためくせんたくもの。
台所で湯気をたてている、おかゆ。

そこに住んでいる
会ったことがない同い年の人を
思いうかべる——

今、その人は、なにをしてるところか。

4月22日

Apr

はじめての街に行ってみる。
しらない路地裏で
歩くのをやめて
立ち止まり
地面に、すわってみる。

4月23日

Apr

うつくしく
うつくしく
ベッドメイクして、
そこにジャンプ！
からだごとつっこむ。

ばふん、と
顔面を、しずませる。

4月24日

Apr

ハサミを持って
春の雑草たちを摘みにいく。
カタバミ、タンポポ、イヌノフグリ、スミレ
ヒメジョオン、ヘビイチゴ、ナズナ
クローバー――

アスファルトのすきまに生えていた
ミドリハコベ。
ぱちんと切って、テーブルに。

4月25日

Apr

雨やくもりぞらが
つづく日。
空色の花を
テーブルにかざる。

4月26日

Apr

ゆうぐれに
きいろい菜の花の道で
「おぼろ月夜」のうたをうたう。

4月27日

Apr

「勉強」

春の花の名前、鳥の名前を
図鑑でしらべる。

いつも通る道にゆれている草花たちを
名前で呼べるように。

電線で恋の歌をうたう春の鳥を
その名前で
ひやかせるように。

4月28日

Apr

一日でできる
ゴムのズボンやエプロンを縫う。

4月29日

Apr

かなしくて、やさしい映画を見にゆく。
たったひとりで。
思うぞんぶん泣くために。

4月30日

Apr

「ロマンチック1」

ジャスミンの花をひとえだ
ベッドルームにかざってねむる。
あたらしい恋の夢を見るために。

香水をまき散らしたような
花のにおいの夜のなかで。

05 May

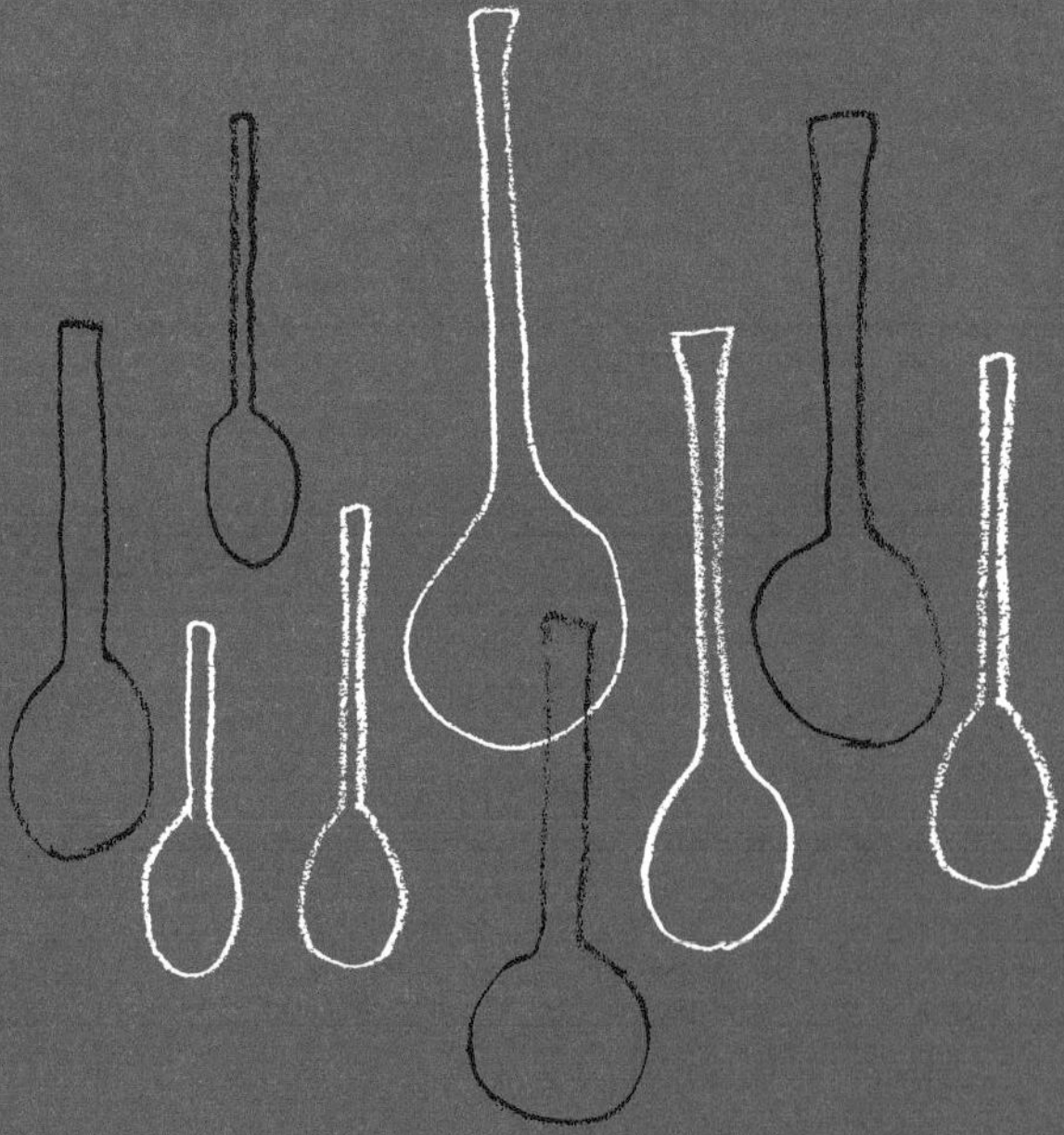

5月1日

May

あたらしい音楽を、さがす。

5月2日

May

ひろびろとした川にでかける。
河原の草に、ねころんで
空を吸いこむ。

5月3日

May

おやつに
まっ赤な、いちごを山盛り。
練乳を
たっぷりかけて。
あまずっぱい果肉を奥歯でつぶす。

5月4日

May

ボールを
できるだけ、とおく。
ボールを
できるだけ、たかく。

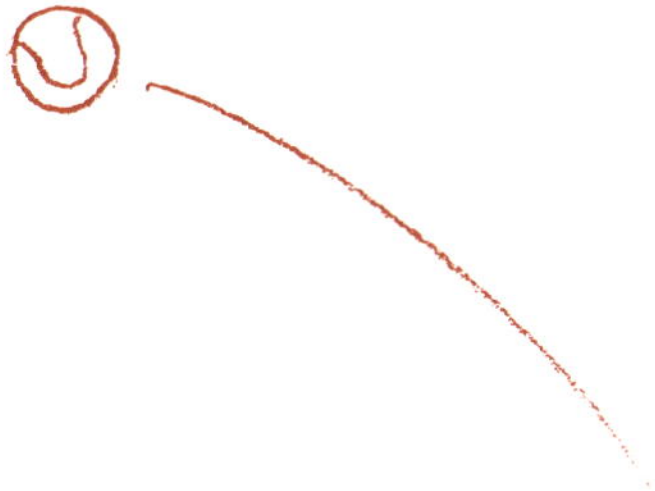

5月5日

May

迷ったら——
わたしのなかにいる
ちいさいこどものわたしに
たずねてみる。

「どうするのが　たのしい？」

「なにが　すき？」

5月6日

May

ちいさいこどもと話す。

――対等に。

ちいさいこどもと話す。

――おとなっぽく。

5月7日

May

新緑のなかで
葉っぱになったつもりで
午前中の太陽のひかりをあびる。
——光合成のつもり。

ゆっくりと胸をふくらませて
大量に酸素を吸う。

5月8日

May

フルーツジュースで
いろんな色の
シャーベットをつくる。

5月9日

May

青空の日。
ミント飴をなめながら
サイダー。

からだじゅうに
5月の風を吹かせて
深呼吸。

5月10日

May

ツバメのゆくえを
みとどける。

5月11日

May

おおきなつばの帽子を
手に入れる。

5月12日

May

恋人の胸に耳をあてて
心臓の音をきく。

その音を
声で再現して
恋人にも聞かせてあげる。

5月13日

May

「カメラ日和」

見なれた景色の写真を撮る。
できるだけ、気にもとめないものをえらんで。

たとえば、マンホール。
電球、コンビニ、ちらかった机、駅の地下道、
つり革、すいがらいれ、かなあみ、自分の足、
じめん、裏庭、横断歩道など――

フレームに切り取ると、いとしく思えるものを
見つけて歩く。

5月14日

May

草をさわる。
しろつめくさの花かんむり。
四つ葉のクローバーをさがす。

5月15日

May

「空中散歩」

突然、
ふわりと足が宙にういて、
すこしずつ、からだがうかんでいく想像をする。
地上から10メートルぐらいの空中を歩く、わたし。
そのまま、近所を散歩したとき
足もとに広がる景色は、どんなふうか？

5月16日

May

「湯気のおやつ」

おやつに、セイロで
ショウロンポウを蒸す。

ともだちとむかいあって
「せいの」で
ふたをあけて
いっしょに湯気をあびる。

5月17日

May

駅で
好きな人を待ちながら
初夏の電車の音を
聞く。

5月18日

May

半袖の袖口から
はいってきた風が
するっと、胸をとおって
おなかまで
ぬけていった。

くすぐったくて
わらう。

5月19日

May

「5月のサラダ」

アスパラ、いんげん、レタス、
きゅうり、エンドウ、ブロッコリー——
みどりのものばかりを集めて
サラダをつくる。

5月20日

May

おきてすぐ
あつい朝風呂にはいる。

あつさに、
ぎゅうっと目をつむって
お湯とゆげとで
顔をぬぐって
目をさます。

5月21日

May

たけのこごはんをたく。

5月22日

May

いちごシロップをつくる。
できたシロップを
ひかりにかざすと
とうめいな赤いかげ。

いちごシロップ

いちご　200g
砂糖　170g
水　1/2カップ

1.

2.

へたをとったいちごと
水を強火にかける

3.

いちごが白く
水が赤くなったら
お砂糖をいれる

4.

こす

5.

びんづめ
いちご
シロップ

5月23日

May

やわらかい新緑に
顔をよせて
ほっぺたで
葉っぱを、さわってみる。

5月24日

May

なわとびをする。

5月25日

May

きまぐれに
公園のすべりだいを
すべる。

5月26日

May

あたらしい
夏のサンダルを手に入れて
素足で
おでかけ。

5月27日

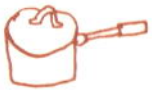

May

そら豆を
さやごとゆでる。
ゆげのたっているところ
ふかふかのさやからはずして
塩つけて
つまみぐい。

5月28日

May

ハチミツトーストを、ていねいにつくる。

こうばしくトーストした
きつね色のパンに
バターをたっぷり。はしっこまで。
ひかるようなハチミツを
とろとろと落として
しんなりとしみこませる。

噛むたび、口のなかで
こうばしさと甘さが、ぎゅっとしみでるような
ハチミツトーストを。

5月29日

May

ガラスコップに
レモネードを入れて
マドラーで
「コリン！」
と、たたく。

すこしずつのみながら
何度もたたいて
その音階をたのしむ。

ひるさがりに。
晴れた日に。

5月30日

May

青空いっぱいに
せんたくものを
はためかせる。

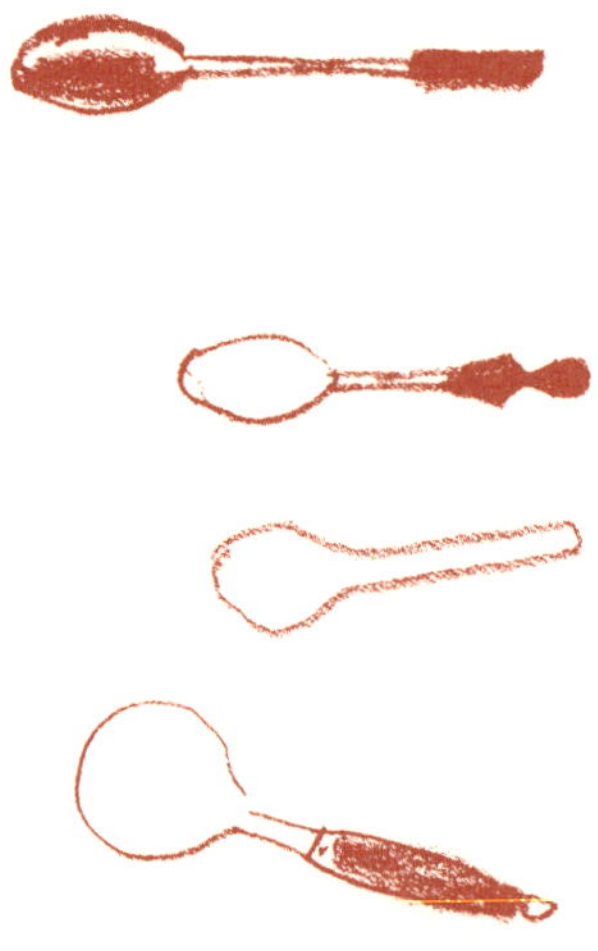

さびしさを恥じない。
「愛されたい」と
願わない人はいないのだから。

5月31日

May

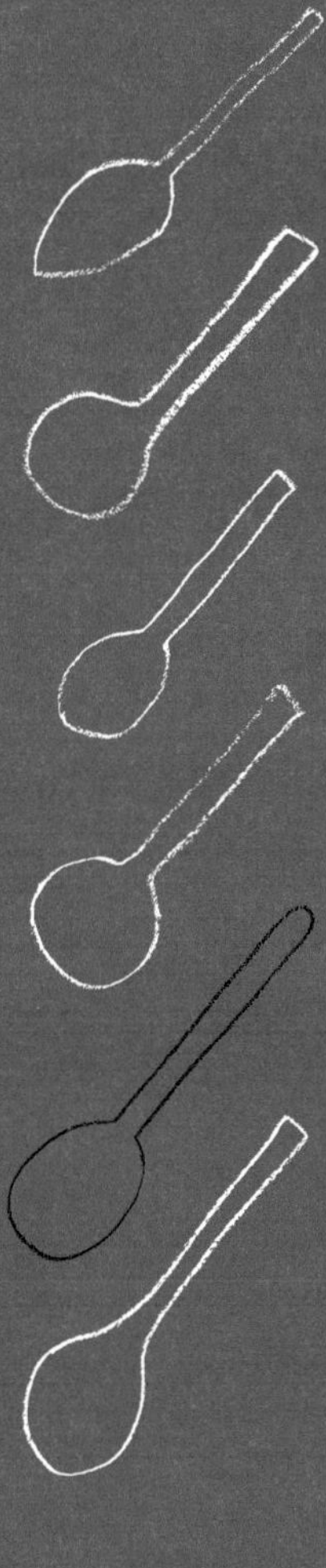

06
June

6月1日

Jun

「ふとんのころもがえ」

ひんやりとした
夏のシーツの上で
平泳ぎと
ばたあし。

6月2日

Jun

朝の水まき。
ちいさい虹を
庭につくる。

6月3日

Jun

夏日。
ともだちと
道ばたで
つめたい炭酸水を
のむ。

6月4日

Jun

「今日の天気」

目をとじて
遠い国の今日の天気を
思いうかべてみる。

南極のオーロラ。
フィンランドの白夜。
熱帯雨林のスコール。
ギアナ高地に
一年じゅう降る、きりさめ。

6月5日

Jun

さくらんぼを食べる。
つるっとした皮を
あめ玉みたいになめて
舌先で
ぷちゅん、とつぶす。

甘い果肉を
だいじに
だいじに
口のなかにひろげる。

6月6日

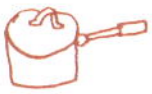

Jun

家じゅうの
なべをみがく。
ぴかぴかに!

6月7日

Jun

雨のおとを、きく。

6月8日

Jun

雨のにおいを、かぐ。

6月9日

Jun

雨をてのひらで
うけてみる。

6月10日

Jun

もしも
泣きたい気分なら
空をあおいで
雨を顔じゅうに、うけてみる。
(涙のかわりに)

6月11日

Jun

グレープフルーツを搾って
フレッシュジュースをつくる。
(果肉のつぶが、つやつやとうかぶやつ)
できたてを、ごくごくのみほす。

ともだちや、恋人にもごちそうする。

6月12日

Jun

「アジサイ地図」
ノートと鉛筆を持って散歩。
近所のアジサイの
分布地図をつくる。

6月13日

Jun

梅のにおいをかぎながら
梅酒をつける。
お酒が苦手な人はハチミツで
梅シロップを。
枇杷の実で
枇杷酒と枇杷シロップも。

一週間ごとに、実の変化を観察する。
びんを、おもしろくゆらしながら。

梅シロップ

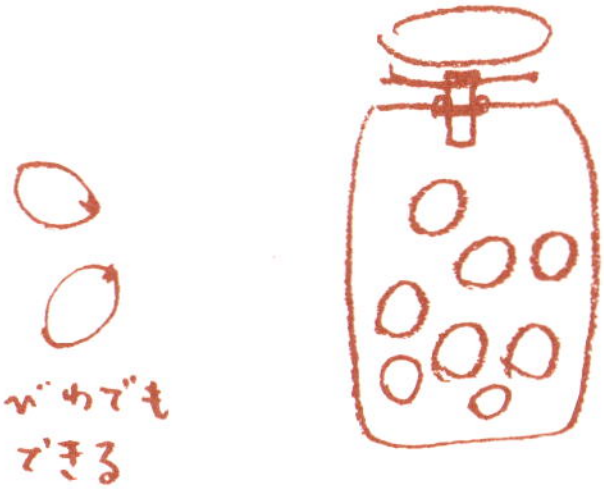

梅　1kg
はちみつ　1000ml

消毒したびんに入れて
おたのしみは２ヵ月後

6月14日

Jun

「雨のたのしみかた1」

とうめいなカサをさして、
そのてっぺんから
とうめいな雨が、ながれるのを見る。

雨の音に
名前をつけてみる。

6月15日

Jun

「雨のたのしみかた2」

雨のなか
思うぞんぶん、とことん、
びしょぬれになってみる。

家にかえって
すぐに
おふろにはいる。

6月16日

Jun

「雨のたのしみかた3」

とおくから
かみなりと
夕立を見る。

からだじゅうを
あらってもらうようなつもりで、
その水の音を
じゃばじゃばとあびる。

6月17日

Jun

「雨のたのしみかた4」

ながぐつで
おおきな水たまりに
じゃぶん、と
はいる。

6月18日

Jun

「雨のたのしみかた5」

恋人と雨デート。
かさの中で、そっとキスをする。
かさの中で
ふたりで雨のおとを聞く。

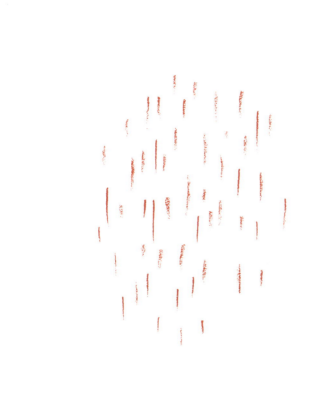

6月19日

Jun

恋人の背中を
やさしく抱きしめる。

6月20日

Jun

泣く、ということは
復活していく作業の第一段階。
復活するために泣く。

6月21日

Jun

「夏至」

できるだけ北の方に出かけてみる。
できるだけはやおきして
一日のはじまりの時間をたしかめる。
今日は、一年でいちばん昼が長い日。

※夏至は6月21、22日頃

6月22日

Jun

雨あがりのにおいをかぐ。
とつぜんのくちなしのにおい。
みどりのにおい。
アスファルトのにおい。
土のにおい。
夏のにおい。

6月23日

Jun

「青空を飲む」

雨あがりの
とうめいな青空を
からっぽのガラスびんに流しこんで、
それを
こくこくと、飲みほす想像をする。
胸のなかに、青いひかりがさしてくるように。

6月24日

Jun

あじさいを
キッチンにかざる。

お皿を洗いながら
まいにち
花の色が変わっていくようすを見る。

6月25日

Jun

雨の日に
よく熟した
あまいあまいゴールデンキウイを
半分に切って
スプーンですくって食べる。

ぽとぽとと
屋根のはしっこから
次々落ちてくる雨の粒を見ながら
ひかりのような
金色のくだものを食べる幸福。

6月26日

Jun

すずしげなストライプの
麻の布で
さっとかわく
エプロンを縫う。

6月27日

Jun

「あめあがり」
ともだちに
「アイスキャンデーを
たべあるきしよう」
と、さそう。

6月28日

Jun

「雲にのる方法」

水たまりのなかの青空に
足をいれる。

みずたまりの空の雲に
そっと足をのせる。

6月29日

Jun

くもりぞらのなかで
しゃぼんだまをする。

とおく。
しゃぼんだまが
どこまで空に高くとんでいくか
できるだけ追いかけて
見とどける。

6月30日

Jun

枕に――
花のにおいのオイルを数滴。
花束になったような気持ちで
ねむる。

July

07

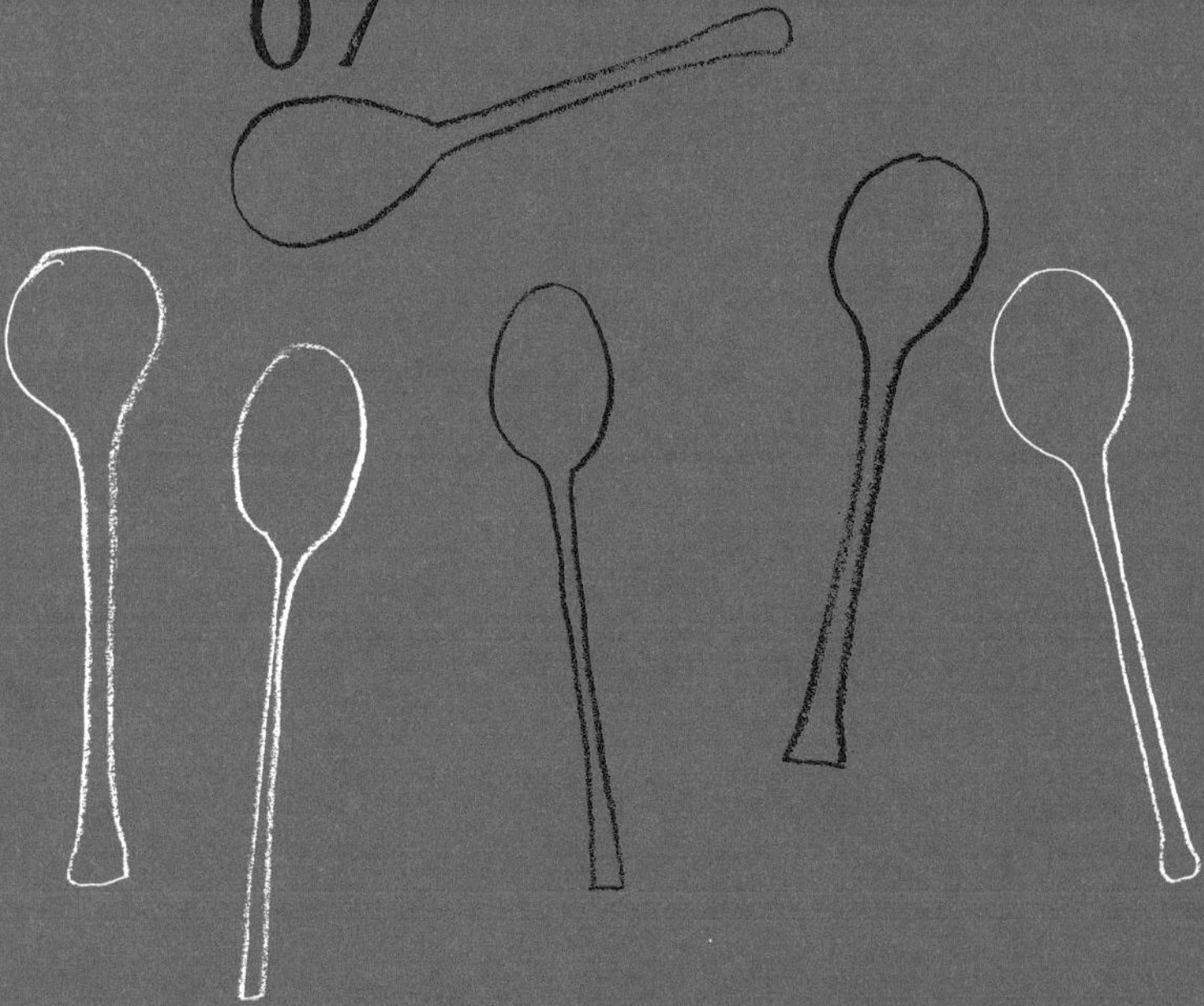

7月1日

Jul

入道雲をさがす。

7月2日

Jul

「ほたるを見にゆく」

草のにおいのする川べりにしゃがんで
ひかりの糸を目で追う。

てのひらで、そっとかこって
指からもれる
ささやかな、ひかりを見る。

もういちど
空にはなす。

7月3日

Jul

朝風呂にはいって
うたをうたう。

7月4日

Jul

ミキサーで
バナナジュースを作ってみる。
・バナナ一本
・ミルク
・(ヨーグルト)
・ハチミツ

あわ立っているところを、すぐにのむ。
鼻の下に、くちひげみたいな
あまいあわつけて。

7月5日

Jul

扇風機の前で声をだす。
わわわわわと
ふるえる声で
うたをうたう。
好きな人の名前を
よんでみる。

7月6日

Jul

海の街に行って
潮のにおいを
胸いっぱいにすいこむ。

7月7日

Jul

「花豆」

花豆をゆでる。
タマネギドレッシングで
豆サラダのマリネ。
つくりおき。

7月8日

Jul

麦茶のこおりを
からんからん、とならして
わざとおおげさに、ならしながら
うるさくたのしく、お茶を飲む。

7月9日

Jul

朝顔のたねをまく。

7月10日

Jul

買ったばかりの夏の洋服。
かがみの前で
ひとり
とっかえひっかえ
ファッションショウ。

7月11日

Jul

百合いちりんの
においをかぐ。

7月12日

Jul

胸をひらいて深呼吸。
死にたくなるような
むずかしい話や
ちいさい箱に
閉じこめられるような
きまりごとは
もういらない。

7月13日

Jul

トウモロコシをゆでる。
黄金色のあつあつを
バターしょう油で。

7月14日

Jul

梅雨が明けたら
窓ガラスをふく。
夏のみどりと積乱雲が
よく見えるように——

7月15日

Jul

フレアスカートでスキップしてみる。
スカートのなかに
かぜがはいるように
ふわりと。

7月16日

Jul

「あぶくをつかむ」

水にもぐって
あぶくを見る。

口からでてくる
あぶくの銀色を目で追って
そのかたちを見とどける。
手でつかんでみる。

7月17日

Jul

てぶらで散歩する。
ときどき
思いついたように
走ってみる。

7月18日

Jul

ゆるゆるの
あんずジャムをつくる。
かおりよい種もいれて。
お楽しみは一ヵ月後。

あんずジャム

1.

種をとったあんず700g
砂糖 400gをまぶす

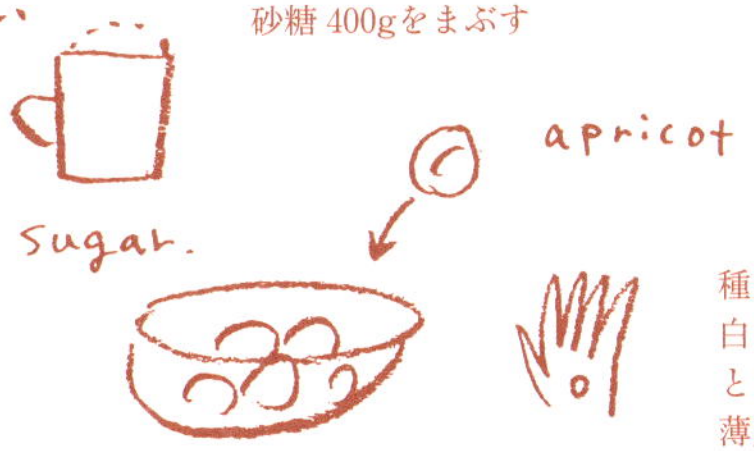

種の中の
白い杏仁を
とりだして
薄皮をむく——A

2.

ひと晩おくと
水分がしみ出す

3.

水分だけ
先に煮つめる
とろりとしたら
果肉を入れて煮る

やわらかくなったらつぶして
Aをいれてまぜる

びんづめにして
できあがり

4.

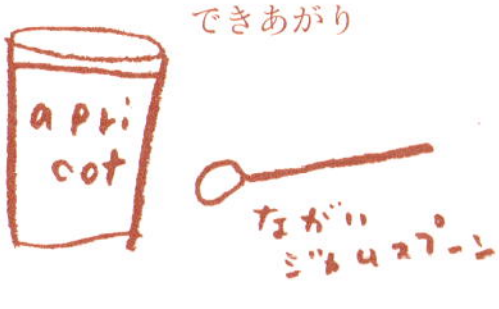

7月19日

Jul

林の中や
大きな街路樹の下
じゃあじゃあと
せみしぐれにぬれて歩く。

7月20日

Jul

シャワーのあとの
おひるね。
プールのあとの
おひるね。
白いひるさがり。

7月21日

Jul

「ロマンチック２」

１　ゆうやけを見るために　海へ出かける。

２　まぶたをとじて
その色をしっかりおぼえる。

３　帰りに、さっき見たゆうやけと
よく似た色の花をさがして
グラデーションで買ってかえる。

４　寝室にかざって眠る。

7月22日

Jul

「ロマンチック3（ゆうやけ風呂）」

ゆうやけ色の花たば——
散りかけてきたら
はなびらを
おもいきって　みんな
ゆぶねに
うかべる。

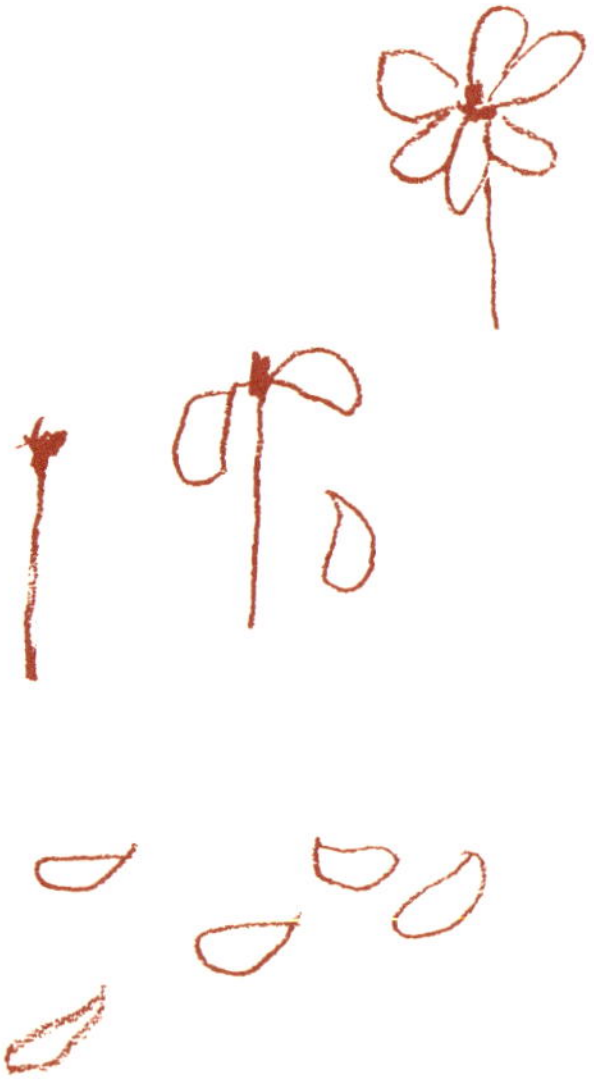

7月23日

Jul

自転車で
おもいきり
立ちこぎ。
（おしりふりながら）

7月24日

Jul

ほっぺたについた
なみだをなめる。

7月25日

Jul

片想いを、楽しむことにする。

7月26日

Jul

「桃」

朝おきて、すぐ
つめたくひやした桃を
そっとむいて、食べる。

指から、ぽたぽたおちるしずく。
やわらかい桃を、つぶさないように
気をつけてむく。
指も種もなめる。

7月27日

Jul

「シーツを干す」

あっという間にかわく
夏の幸福。

風が
シーツのはしっこを
さわっているのを見る。

7月28日

Jul

「いきものの　おなかをなでる」

あたたかいのと
やわらかいのを感じる。

こわれそうに、やわらかい、あったかい、
じょうぶなからだ。
気持ちよさそうにじっとしているあいだ、
ずっと、やさしくなでる。

・犬や猫や、ことり、ハムスターのおなか。
あるいは、こいびとの、おなか。

7月29日

Jul

ナイターを見に行く。
（ビールか炭酸水をのむゆうぐれ）

7月30日

Jul

打ち上げ花火を
ねっころがって
下から見る。

7月31日

Jul

声かけられて
うれしかったことば。
なんども、なんども
ぐるぐると
再生。

08 August

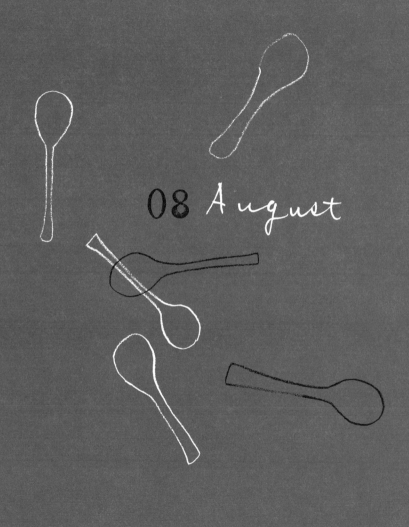

8月1日

Aug

はやおきして、
ひとのいない道で
思いっきり
スキップする。

（大きく両手をふって、 まるでちいさいこどもみたいに）

8月2日

Aug

大きなつばの帽子をかぶって
かんかんでりのなか立つ。
あたまでっかち。
胴体のみじかい自分のかげ――。
ちいさいこどもみたいな
みじかい影法師に
帽子を取って、あいさつをする。

8月3日

Aug

「旅」

見たことのない
遠い砂漠のらくだが、
今、なにをしてるだろうかと
一瞬、
思いをめぐらせてみる。
旅をするような気持ちで――。

8月4日

Aug

電車にのって
遠い場所の
夏まつりを
見に行く。

8月5日

Aug

キッチンに立ったまま
あまいフルーツトマトの
まるかじり。

8月6日

Aug

ちょっとだけ
じたばたしてみることにする。

8月7日

Aug

「ロマンチック4」

1　天の川を見に行く。

2　つめたくひやしたサイダーを持って。
(ビールも可)

3　炭酸のあわつぶを
口にふくみながら——
立ちのぼるあわつぶのような
星のむれを見る。

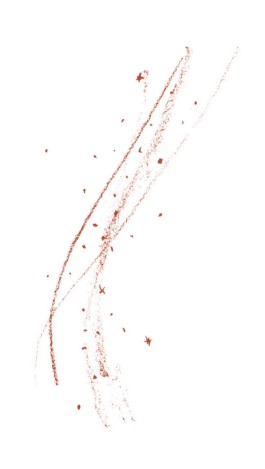

8月8日

Aug

人間が
ころしあわないで生きる世界を
夢みる。

情報がすくない
ちいさな場所で
すぐそばの人と
だいじに手をつないで生きることについて
考える。

8月9日

Aug

ひまわりばたけを
見に行く。

8月10日

Aug

カレーをつくって
ともだちをよぶ。
雑穀ごはんや、おいしいパンを用意。

大きいテーブルにゆったり、ではなく
ちいさめのテーブルで
ぎゅっとむかいあって、すわる。
たくさん、おしゃべりできるように。

8月11日

Aug

電車のいちばん後ろにのって
まどから
ふみきりが
どんどんあいていくところを見る。

「次は、次は」

「もうすぐあく、もうすぐあく」

と、待ちわびながら。

8月12日

Aug

すこしぬるくなった
午後の海にはいる。

足の立たない場所に
うきわでうかんで
つまさきを
おそるおそる
めいっぱい下にのばす。

指さきが、ひんやりつめたいことで
海の広さと深さを知る。

8月13日

Aug

恋人と
水の中でキスをする。
なんども。

8月14日

Aug

父親のてのひらを
ゆっくりと、
マッサージしてあげる。

8月15日

Aug

水のちかくに出かける。
たっぷり水があるところ。
海　川　湖　池　噴水　プール
なるべく、ひろびろとした場所へ。

8月16日

Aug

近所の夏祭りに行く。
近くなんだけど
きちんとゆかたを着て
下駄の音を聞きながら
夕暮れをあるく。

8月17日

Aug

音楽にあわせて
おどってみる。
でたらめに
きもちよく
ふざけながら。

8月18日

Aug

「はだしの魔法」

芝生のうえで、
はだしになってみる。
(ちいさな石ころに、きをつけて)

サンダルを手に
木の根やレンガ、アスファルト、
土、苔、泥、砂、布、みずたまりなど、
つぎつぎと、足のうらでさわっていく。
「こんにちは。こんにちは」
と、あいさつするように感触をたしかめる。

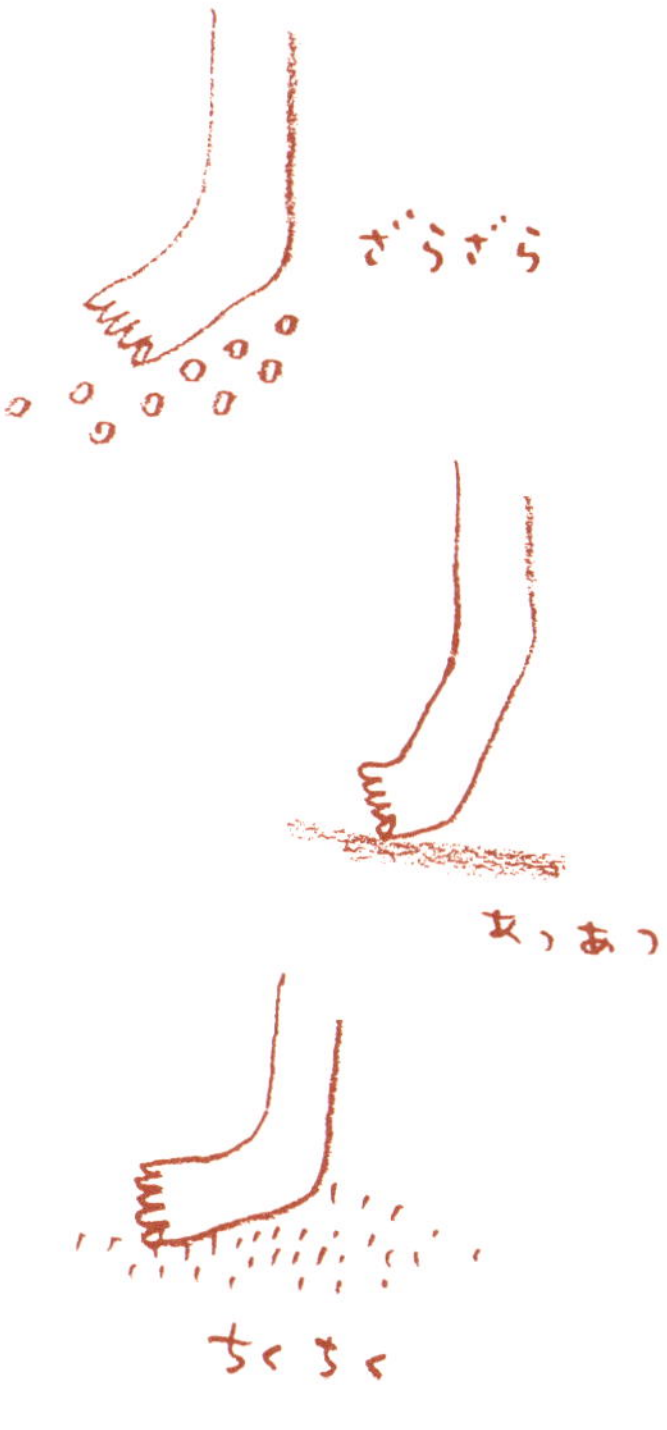
ざらざら
あつあつ
ちくちく

8月19日

Aug

川で泳ぐ。
流れにさからって。

8月20日

Aug

ビイ玉を
空にかざして
なかを、のぞく。

8月21日

Aug

「朝のみずまき」

あさがおの花びらに
のっかった　しずくに
ちいさくうつる空を
さがす。

8月22日

Aug

「ゆうがたのみずまき」

草のにおいを
すいこむ。

8月23日

Aug

シャワーのあとの
ひるね。
ひるねのあとの
麦茶。
麦茶のあとの
ひぐらし。

8月24日

Aug

「線香花火」

線香花火のはじける音が
だんだんと
しずかになっていくのを見つめる。

まつげのような光が
ちいさく糸くずのようにきえて
赤い火玉が、夜の地面に
ぽとん、と
おちるまで見とどける。

*ともだちと、どちらが長く花火が
もつか競争する。

8月25日

Aug

くだらないルールは
やぶるために。

8月26日

Aug

ねむれない夜。
あきらめて
もうおきてしまって
夜の散歩に
でかけてみる。

8月27日

Aug

心変わりを受け入れよう。

8月28日

Aug

猫背をのばして
さっそうと歩く。
うしろすがたが
きれいにみえるように。

8月29日

Aug

ゆうがた
あかるいうちにお風呂にはいる。

お風呂あがりにのむ
たのしみな
つめたいのみものを冷蔵庫に用意して。
(アイスクリームやゼリーでも)

8月30日

Aug

いきものといっしょに
ゆうやけを見に行く。
（飼っている犬や猫）

陽が落ちて
あたたまっている
そのいきものの
せなかをなでる。

8月31日

Aug

「砂浜」

砂浜にぼうきれで絵を描く。
貝がらで絵を描く。
わすれたい人の名前を書く。
みんな波に、持っていってもらう。

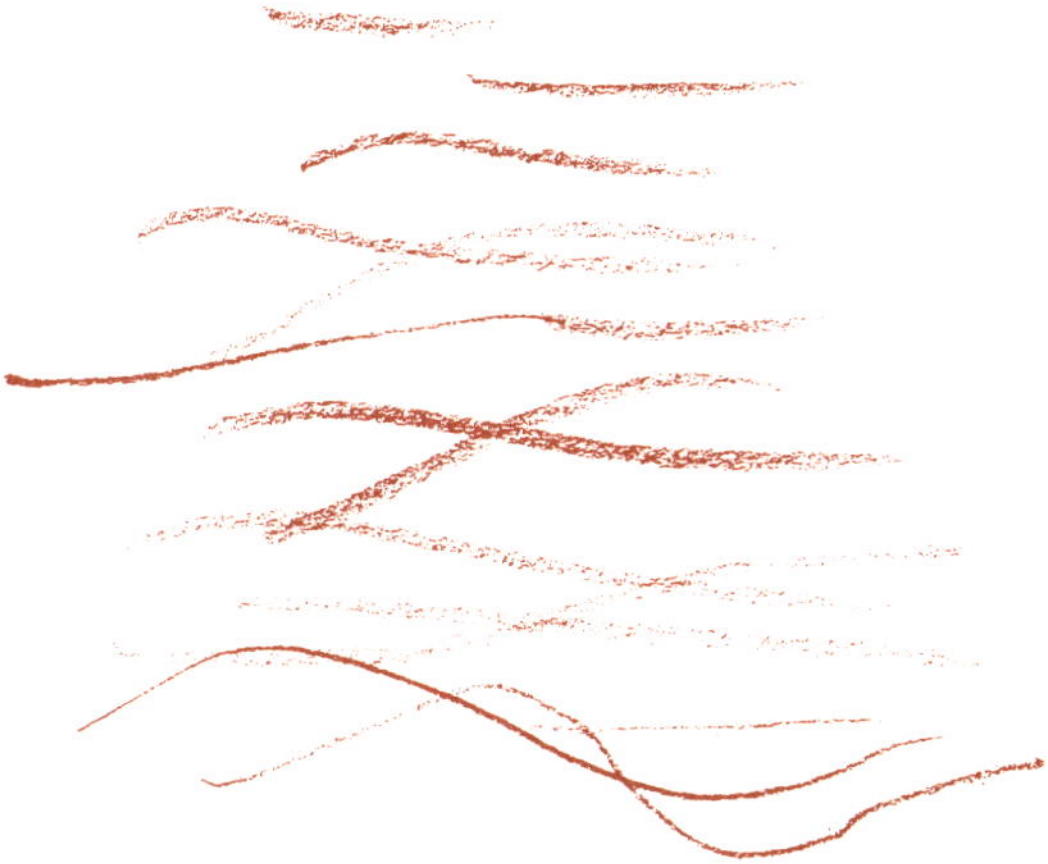

September

09

9月1日

Sep

一生、ともだちでいられるような
おいてあるだけでうれしくなるような
そんな木の椅子を
一脚、手に入れる。

9月2日

Sep

かみなりの音をきく。
台風の音をきく。
木の枝が鳴る音をきく。
おおきな雨つぶが
窓ガラスにあたる音をきく。

じっと耳をすます。

9月3日

Sep

とうめいな
窓にくっつく
雨つぶを見る。

ひとつぶ選んで
それが、ながれおちて
ぺしゃんとつぶれるまで
追いかけて
見とどける。

9月4日

Sep

いちじくのコンポートと
いちじくのジャムをつくる。

いちじくのコンポート

1,

水２カップに
砂糖 100gを煮とかす

2,

湯むきした、いちじく(1パック)と
レモン汁（1/２個分）をいれ、
中火で１０分

火を止めて、仕上げに
白ワインかリキュール150ml

3,

さましてびんづめ

9月5日

Sep

みじかい旅に出るための
ちいさくて軽いカバンを買う。
いつでもすぐ出かけられるように
枕もとに用意しておく。

9月6日

Sep

「やわらかい握手」

猫と（犬と）握手する。
やわらかくて、くたくたの手首。
ふわふわの肉球を、なでなで。

9月7日

Sep

だれかの胸ではなく
ひとりでふとんに、つっぷして泣く。
枕に顔をおしつけて泣く。

ひみつの涙を
ぜんぶ
そのなかに
受けとめてもらうため。

9月8日

Sep

思うように
やってみることにする。
責任は
自分が取ればいいのだから。

9月9日

Sep

さかずきに
金色の菊の花びらをうかべて、
ゆうぐれの月を見ながら
お酒を飲む。

さかずきにも、うつる月。
月入りの菊酒。

9月10日

Sep

次の休みのための
旅の計画をする。

電車の日帰りでも
外国でも
となりまちでも。

かならず
行ったことのない場所へ
行ってみる計画にすること。

9月11日

Sep

やったことのない髪型に
挑戦する。

9月12日

Sep

「白い秋」

秋のはじまりに、
まっさきに
まっしろの
長袖シャツを着る。

9月13日

Sep

かわきたての
せんたくものに
ほおずり。

9月14日

Sep

恋人に
みずみずしい梨をむく。

つめたくひやして
あかるいひなたで
透明なガラスのうつわに盛って
ふたりで食べる。

9月15日

Sep

祖父や祖母に会いに行く。

お菓子と、お花を持って。

「古い写真を見せて」

と、おねがいする。

9月16日

Sep

新米ごはんを
なべで
炊いてみる。

9月17日

Sep

深呼吸をする。

9月18日

Sep

迷ったら立ち止まる。
つかれたら休む。
泣きたいときは泣く。
なんにも
不都合なんかありません。

9月19日

Sep

「月夜になる方法」

1　月あかりをあびながら、目をとじる。

2　からだが、夜の空の色になるのを思いうかべる。

3　うすくひらべったくとけていって夜にひろがる自分。

4　ひかるようにねむる。

9月20日

Sep

恋人と
ぎゅっと、抱きあう。
いっぽんの木のように。

9月21日

Sep

「足をかわいがる日」

ていねいに足を洗う。
好きな香りのオイルをたらして、ゆっくりと足湯。
指のあいだを、マッサージ。
足首をほぐす。
あたらしいタオルで、そっとふいたら――
やわらかくなった爪を、きれいに切って
やわらかい、くつしたを。

9月22日

Sep

キンモクセイのそばで
秋の風のにおいを
かぐ。

9月23日

Sep

「秋の実」

駅にむかう道で
ザクロや、柿、
いちじく、カリン、栗など
秋の実のなる木がどこにあるか
チェックする。

それが何の木かしらべておぼえる。
実の熟す日を楽しみに、時々見にゆく。

9月24日

Sep

バスの旅に出る。

9月25日

Sep

とおくのともだちに
おいしい
くだものをおくる。

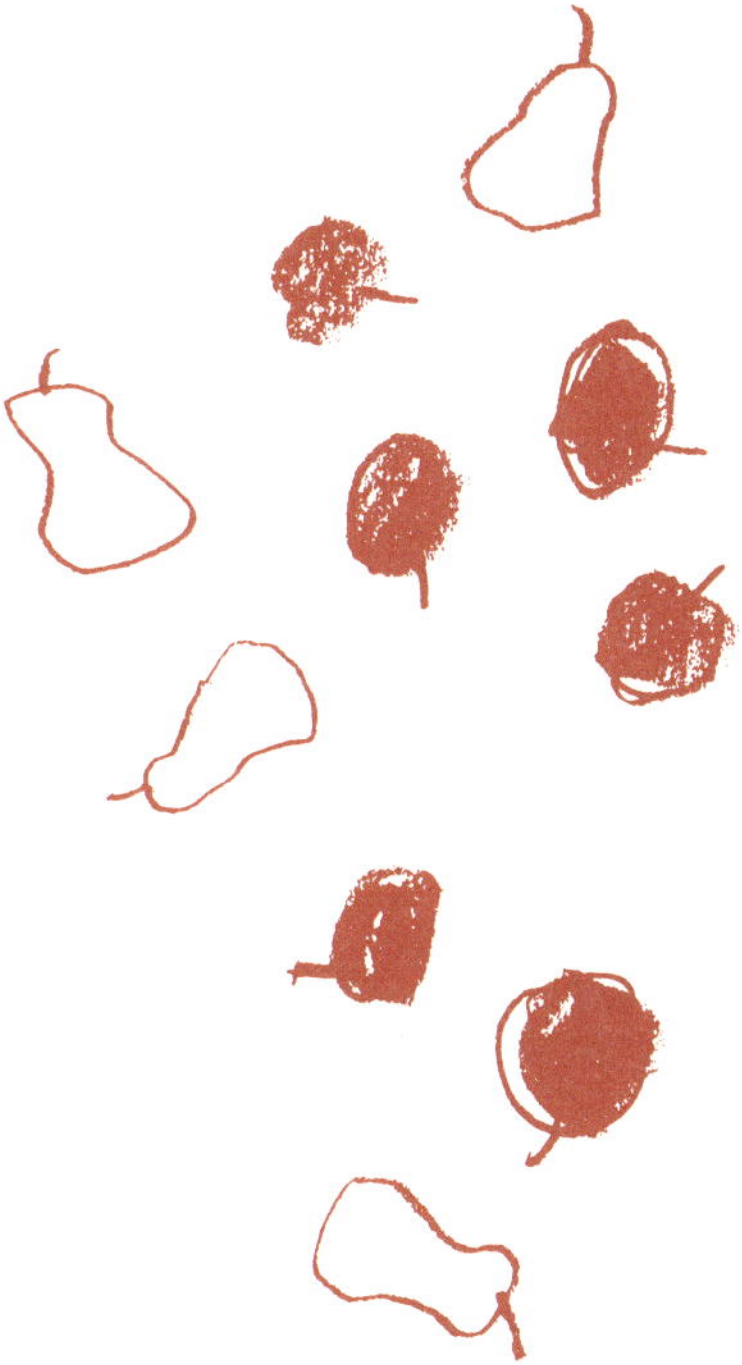

9月26日

Sep

なつかしいうたをうたう。

（忘れてしまった歌詞をがんばって思い出す）

（あるいは、勝手な替え歌にしてうたう）

9月27日

Sep

ひとのいうことに
まどわされないことにする。

9月28日

Sep

「夜明けの音」

夜明けに、耳をすます。

明け方の
しめった虫の声が
あかるい鳥の声に変わるのをきく。

9月29日

Sep

新じゃがで
ローズマリーポテトをつくる。
バターで、こうばしく。
青い香りで、ツンと、おめかし。

9月30日

Sep

「ゆうやけローズ」

ゆるやかな
ばら色のゆうやけを見たら
それが、はがれおちるように
花びらとなって
ふってくるのを想像する。

——空いっぱいに
ばらの匂いがするだろうか。

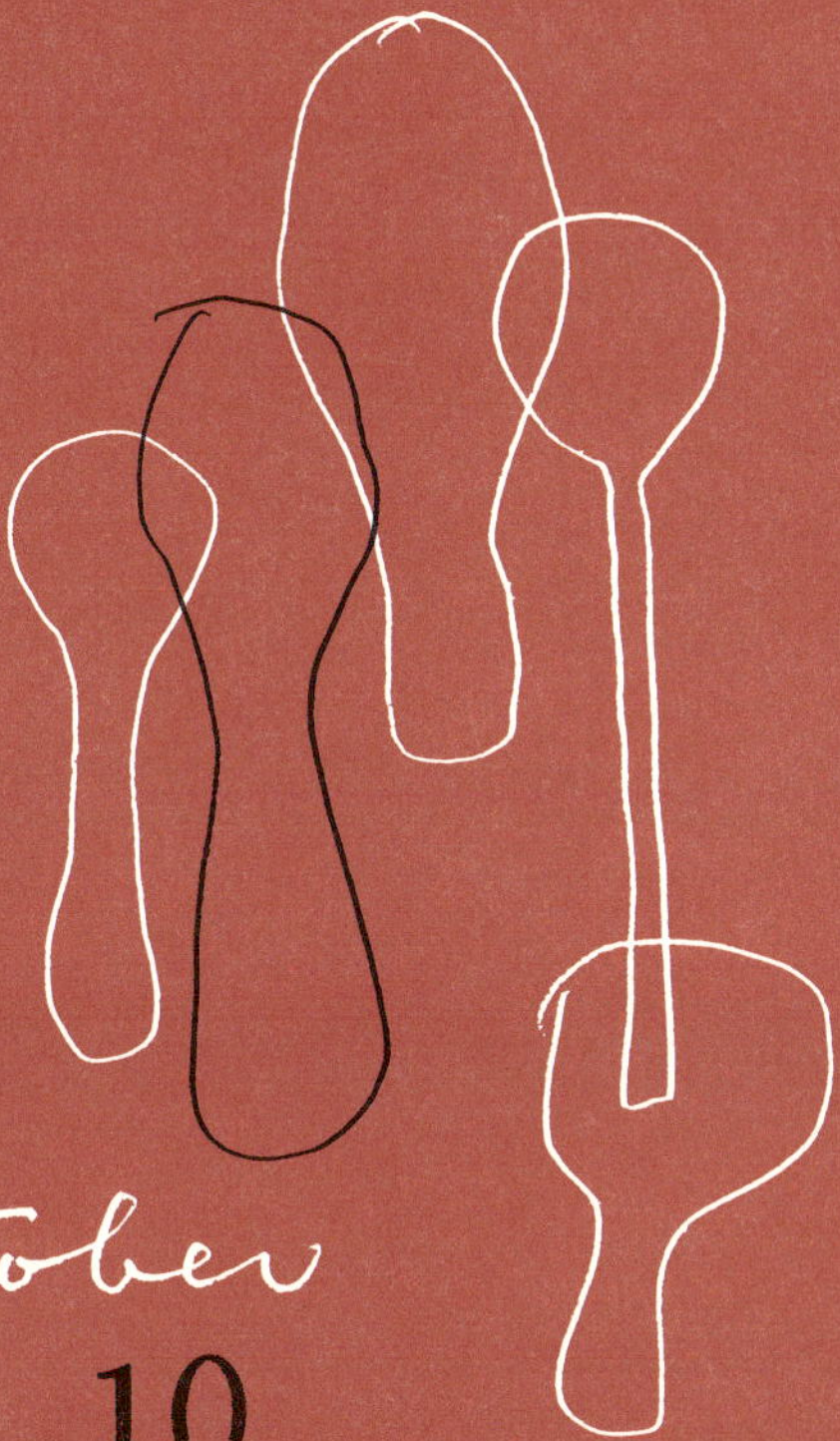

October

10

10月1日

Oct

秋の夜――
ともだちと長電話する。
おたがい
ふとんにはいりながら。

「おやすみなさい」
と、いって
ねむりにつくまで。

10月2日

Oct

熟しすぎた柿を
スプーンで
すくって食べる。

10月3日

Oct

紅葉を
ひろいにゆく。

ひろいながら、道を進む。
あかあかと染まった
葉っぱ越しに
太陽を見る。

持ち帰って、押し葉。

10月4日

Oct

「ドーナツの空」

シナモンドーナツの穴から
青空をのぞく。
食べながら
何度も何度ものぞく。

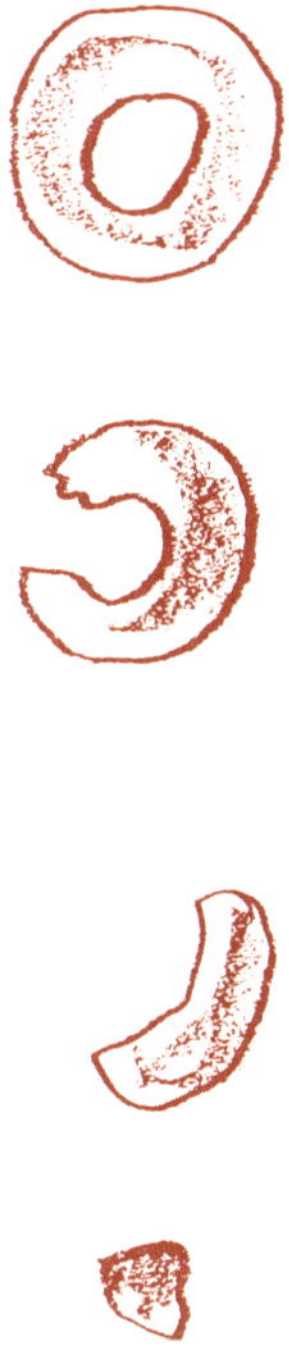

10月5日

Oct

「あきらめきれない恋を、あきらめたいときに」

1　その人の名前を、大きくふとい字で紙に書いて
いやだったところ、合わなかったところを思い出しながら
折りたたんで、ポケットに入れる。

2

はじめて行く遠い場所に、電車で出かけて
その紙を、その街のくずかごに捨てる。
できるだけこまかく、こなごなにして。

3

翌日、かならず、さようならの電話をかける。
（あるいは二度と連絡しない）

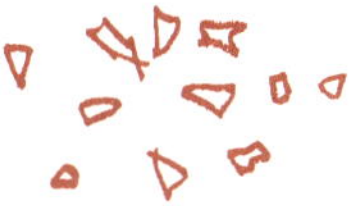

10月6日

Oct

「雲見」

秋の雲をながめる。
自分で
雲の名前を
あたらしく
つけてみる。

10月7日

Oct

歩道橋にのぼって
星空を見る。
首がいたいぐらいあごを空にむけて。

10月8日

Oct

きのこをふかふかと
指でさく。
そのたびに
しめった山のにおい。

山の香り、みいんな、閉じこめてワイン蒸し。
きのこのパスタ。
湯気のたったた、ゆでたて麺に
バターをひとかけら。

10月9日

Oct

あそびにくる
ともだちのために
花を
ちいさく
テーブルにかざる。

10月10日

Oct

「ふわふわ1」

せっけんを
ふわふわに
クリームみたいに泡だてて
からだをあらう。

白い泡のドレスを
着た人みたいに
ふわふわと、身にまとう。

10月11日

Oct

「ふわふわ2」

せっけんを
ふわふわに
クリームみたいに泡だてて
親の背中を
やさしくあらってあげる。

ときどき
わらいあったりしながら。

10月12日

Oct

くりごはんをたく。

10月13日

Oct

道に迷って
困っているのではなくて――

迷うことや
立ち止まることを
たのしんでいるの。

10月14日

Oct

金色のイチョウの葉を
一枚ひろって——
陽に透かす。
下からのぞく。

自分の顔にも落ちてくる金色に
ぱちぱちと、まばたき。

10月15日

Oct

自転車で
坂道をかけおりて
前髪に
風をあびる。

10月16日

Oct

こんど晴れたら
「さようなら」
を言うことにする。

10月17日

Oct

電車の窓から
いつも見える景色のなかに
好きな場所をみっつ見つける。

好きな建物、
行ってみたい林、
気持ちよさそうなプール、
など。

10月18日

Oct

ずっと話したかった人に
話しかけてみる。

10月19日

Oct

ちいさくて
あまくて
かたくて
酸味のきいた紅玉りんご（あかいあかいやつ）を、
ふたつ。

おやつに持って
落ちこんでいるともだちと散歩に行く。
風にふかれながら
カシュッと丸ごと、皮ごと、外で。

10月20日

Oct

ハモニカを
ふいてみる。

10月21日

Oct

ホットケーキを焼く。

10月22日

Oct

こころにひっかかってること。
ずっと、ききたかったこと。

今日こそは、
話そうと決心。

その人との関係が
これでだめになっても
おたがいのためと信じて。
だめになんかならないと、信じて。

10月23日

Oct

「鳥1」

鳥にあこがれてみる。

もしも
わたしが空を飛ぶとしたら
はばたくために
鳥のように　ぶあつい胸の筋肉が必要。
人間として
あのいびつな体型になっても
空を飛びたいかどうか。
その覚悟はあるかどうか。

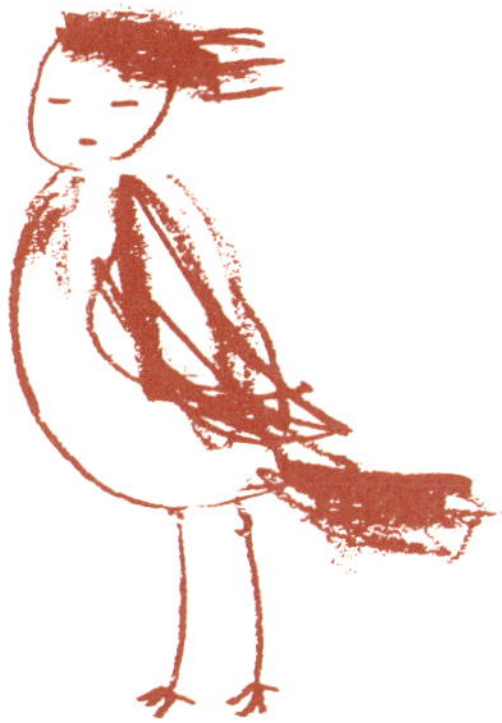

10月24日

Oct

「秋晴れ」

ポケットに
ラムネを入れて
散歩にでかける。

10月25日

Oct

大きな木をひとかかえ。
ざらざらの幹に
耳をあてて
目をとじて
枝の音を聞く。
水を吸いあげる音を聞く。

10月26日

Oct

たそがれどきに
好きな人と
銀色のすすき野原のなかをあるく。

ゆうがたのひかりで
銀色から金色に変わる野原。

波うつ金色の海を、泳ぐようにあるく。
ゆらぐ底にもぐって
キスをする。

10月27日

Oct

「鳥2」

鳥になんて、あこがれない。
と決める。

足で歩くことの幸福を感じながら
じめんをふみしめる。

10月28日

Oct

「すーすー」

髪の毛を
おもいきり短く切ってみる。
——すーすーする　首もと。

〃すーすー〃を
うなじをさわったり
首をふったりしながら
いちにちじゅう
うれしく　たしかめる。

10月29日

Oct

「耳」

からだじゅうを耳にして
ともだちの話を
じっくり聞く。

10月30日

Oct

十年後の自分に
手紙を書く。
十年後、忘れないよう
かならず読むこと。

10月31日

Oct

たいくつな理屈は
もうたくさん。
いのちみじかし。
かろやかに、好きな場所へ。

11 November

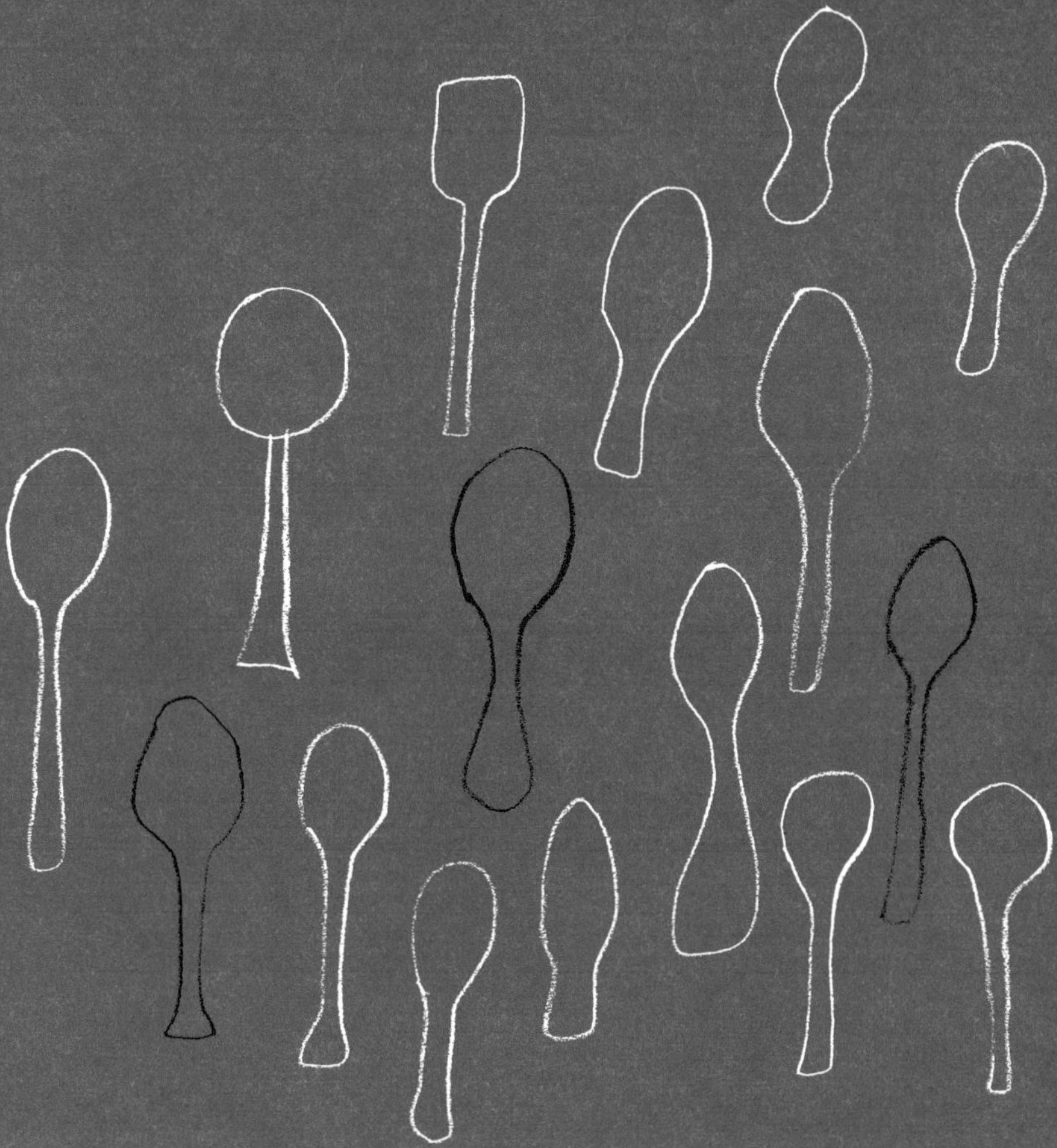

11月1日

Nov

カシミアをいちまい
手に入れる。

セーターでも
マフラーでも
カーディガンでも。

11月2日

Nov

「小春日和」

ひなたであたたかくなった
ねこの背中に
耳とほっぺたをあてる。

ねこがじっとしてるあいだ
目をとじて
ねこの心臓の音をきく。

11月3日

Nov

秋の青空を見ながら
窓をぴかぴかに
ふく。

11月4日

Nov

片想いの人に電話をかける。

11月5日

Nov

こころにひっかかってること、
あやまらなければいけないのに
そのままにしてること。

勇気を出して、あやまる。

相手にとっては唐突かもしれないから
ちゃんと気持ちを説明しながら、
正直に。
手紙を書いてもいい。

11月6日

Nov

新そばを食べに
山のなかの
蕎麦屋に出かける。
わくわくと電車に乗って。

11月7日

Nov

色とりどりの
落ち葉をふむために
林の中に出かける。

おしゃべりは、ひかえめに。
ひとあしずつ
その音に耳をすます。

11月8日

Nov

冬の気配がする夜
ミルクパンでチャイをつくる。
・シナモンで。
・カルダモンで。
・ジンジャー（すりおろす）で。
・みーんないれて。

ミルクチャイ

1、

沸騰したお湯に
茶葉とスパイスをいれる

2、

色がでたら、ミルクをたっぷり
すこし煮立てて、火とめる

3、

こす

冬がさむい国の甘味、
メープルシロップで

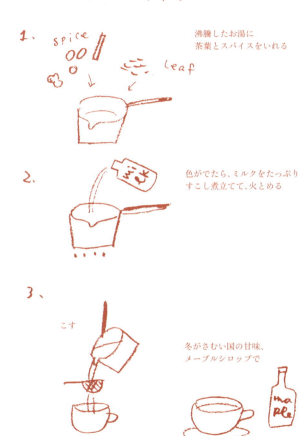

11月9日

Nov

「ふとんのころもがえ」

あたたかい毛布を出す。
やわらかいネルや、冬色のカバーにかえる。

ねむるとき、
ひさしぶりの友人との再会のように
いとおしく
ぎゅっと、抱きしめる。

11月10日

Nov

ジャングルジムのうえで
ふうせんガムを
ふくらます。

11月11日

Nov

ひっくりかえった
犬の（猫の）おなかを
くすぐるように、なでる。

11月12日

Nov

「スケッチ」

なにげなく見ているものに
キスをするみたいに、スケッチする。

ハブラシ　ハサミ　クリップ　時計　フライパン
あきびん　スプーン　ボールペン　地図帳
コンセント　てぶくろ　ひもぐつ
ゆびさき　おへそ
——あなたのまつげ。

11月13日

Nov

「月をかじる」

手をのばすとさわれそうな
きいろくて大きい月を、見かけたら
それをはしから、かじる想像をする。

・パンケーキみたいにふわっとしているか。
・ビスケットみたいにサクサクか。
・べっこう飴みたいにぱりんと、われそうか。
・甘さは、どうか。

11月14日

Nov

動物園に
冬のらいおんを
見に行く。

11月15日

Nov

春のために球根を植える。
スノードロップ、
チューリップ、クロッカスなど。

冬のはじまりの
ひんやりした
土のなかに、しずかに。

11月16日

Nov

チーズトーストを焼く。
あつあつのチーズを
糸のようにのばしながら
あつあつのうちに、食べる。
（チーズが長く長くのびると、うれしい）

11月17日

Nov

ゆぶねに
あかときいろに紅葉した葉っぱを
うかべて
外があかるいうちに
まどをあけて、おふろにはいる。

ひざの上におちる
葉っぱのかたちのかげが
あかるい色で、ゆれるのを見る。

11月18日

Nov

おなべの準備をして
だれかを待つ。

ていねいにだしをとって
だしの香りのゆげの部屋で
まちわびる。

11月19日

Nov

白い壁にできた
ひだまりで
影絵あそびをする。

11月20日

Nov

ていねいに
ミルクココアをいれる。
おなべで、くつくつと
あわ立つココア。
（ふきこぼさないように注意。目をはなさずに）
あれば、マシマロをうかべて。

11月21日

Nov

自分の
弱いところを
ひらいて見せる練習。

11月22日

Nov

あめ玉を
がりん、と
かむ。

11月23日

Nov

「かげと握手」

ゆうがたの街路樹のかげを
ふんであるく。
ふだんは届かない、高い木のてっぺん。
その枝のかげにさわって
「こんにちは」
と、声を出して、枝と握手。

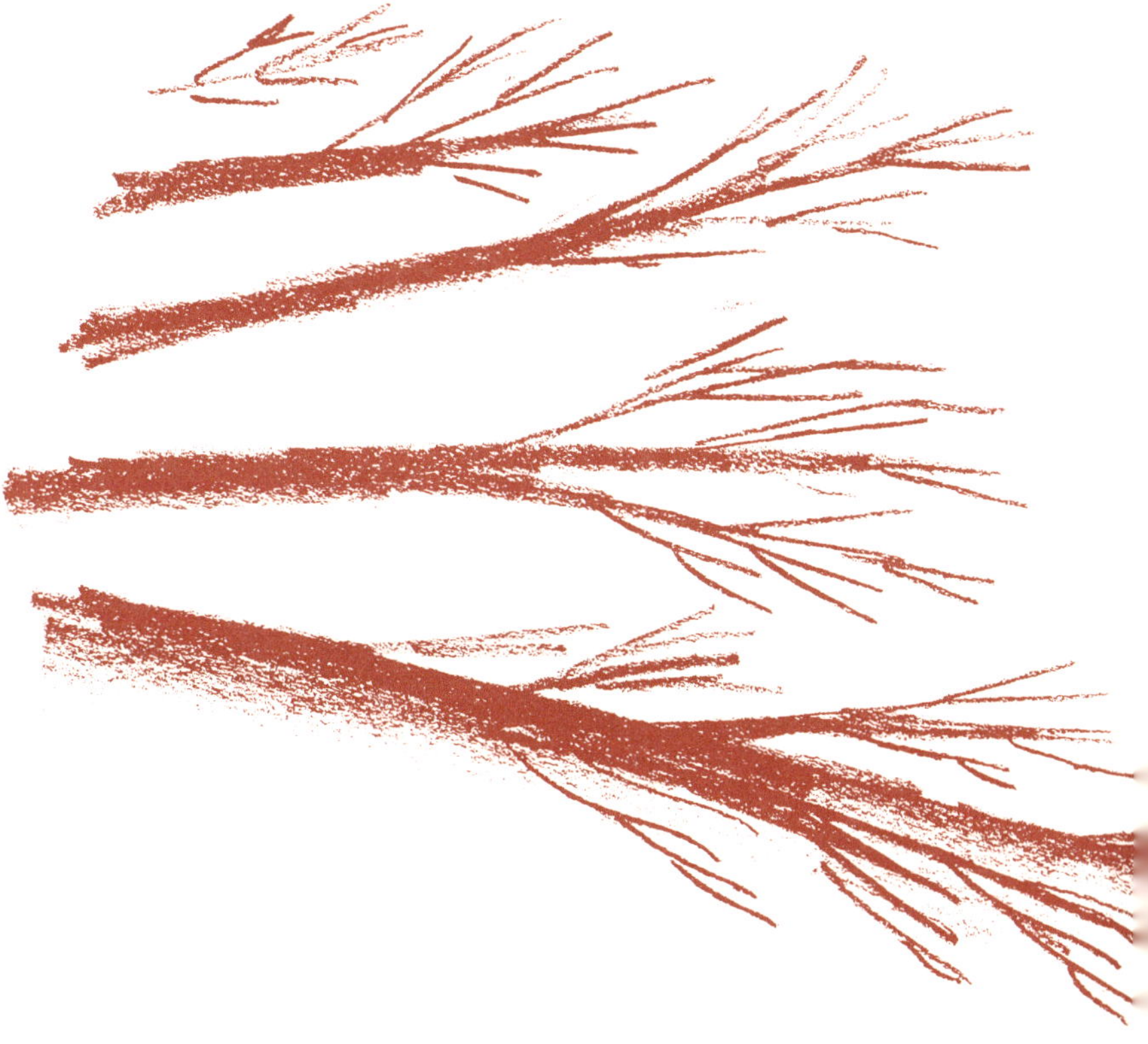

11月24日

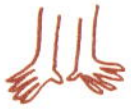

Nov

さかだちをしてみる。

11月25日

Nov

ゆうひがしずむのを、見に行く。
最後まで見とどける。
雲の色が変わっていくようす——
そのかたちの変化を——
空がすみれ色になって
いちにちを終了するまで、見とどける。
古い樹木のように沈黙して。

11月26日

Nov

あさねぼうする。

11月27日

Nov

ふとんを干す。
ふくれてあたたまった
ふとんに
ほおずり。

ひなたのにおい。

ぎゅっと、だきしめる。

11月28日

Nov

おおきな毛布を持って、
恋人と（ともだちと）冬の星を見に行く。
ぐるん、といっしょに毛布にくるまって、
空を見あげ、流れ星をかぞえる。

持っていくもの
・水筒に、あたたかい飲み物。
・双眼鏡。
・星座盤。
・チョコレート。

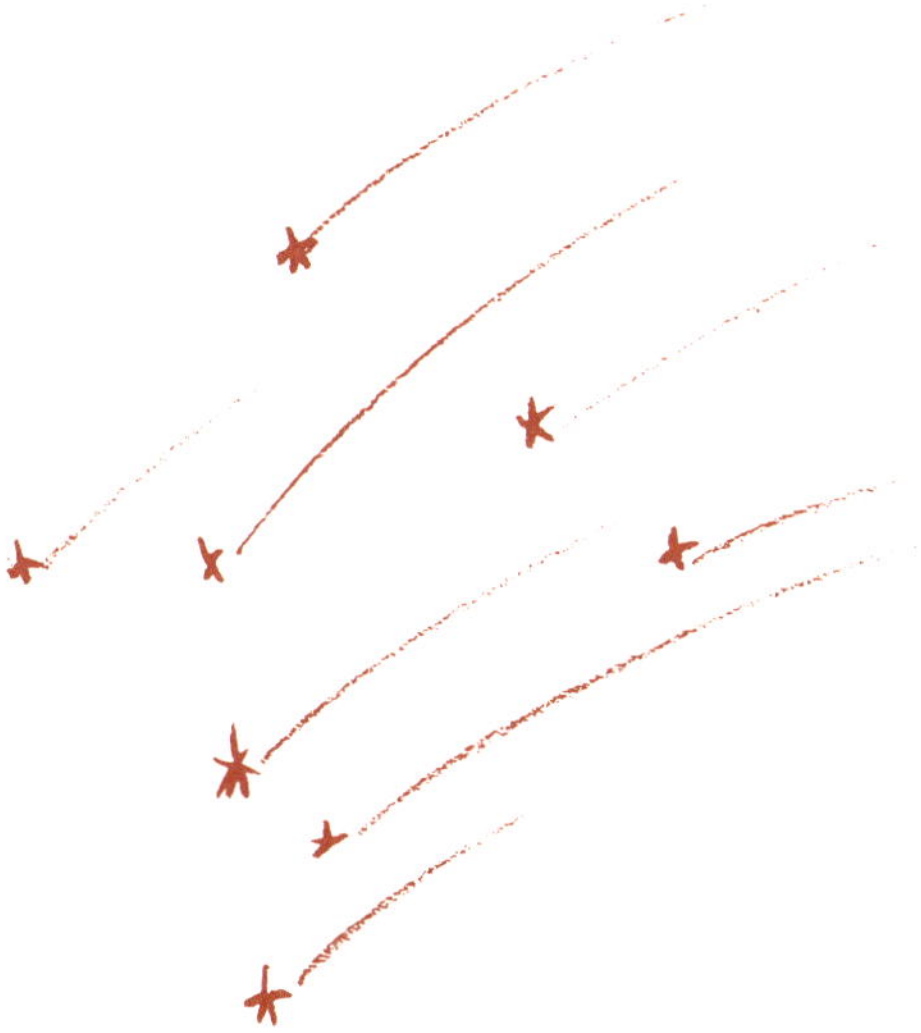

11月29日

Nov

勇気を出して
自分の痛々しい気持ちに
さわる。
なでる。
あたためる。

11月30日

Nov

たとえ
傷ついても
ツバつけて
バンソウコウ。

12 December

12月1日

Dec

「けんか」

なかなおりをするために
けんかをする決心をする。

きちんとけんかして
きちんとなかなおりする。

にげない。

12月2日

Dec

「冬晴れ」

ポケットに
キャラメルをいれて
散歩する。

12月3日

Dec

あたたかい部屋で
やわらかく水滴のついた
窓ガラスに
ゆびで絵を描く。

12月4日

Dec

冬の鳥が
いっせいに
とびたつのを見る。

そのとき
こころが
一瞬　ひかるようになることを
感じる。

12月5日

Dec

心配や不安で
勇気がもてないときの
おまじない。

「――ノー　シンキング」

12月6日

Dec

あつあつコロッケを
ほおばりながら
あるく。

12月7日

Dec

猫のまねをして
のびをする。
きゅうっと。

12月8日

Dec

母親に
おいしいシチューを
つくってあげる。

12月9日

Dec

「クリスマスの準備」
友達を
おどろかせる
プレゼントを考える。

12月10日

Dec

お気に入りのマフラーを
ならべてみる。

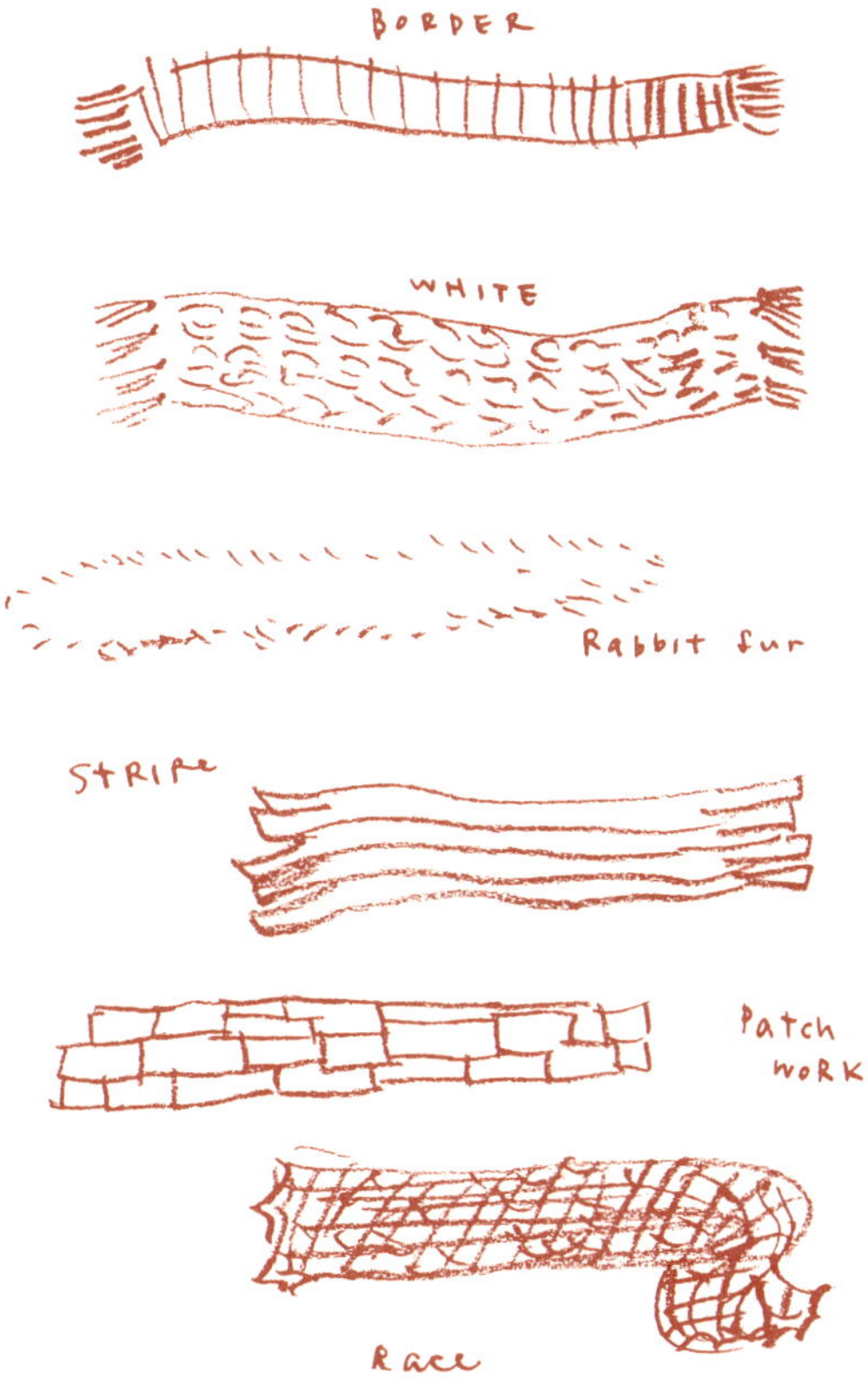
BORDER
WHITE
Rabbit fur
STRIPE
Patch work
Race

12月11日

Dec

「ゆうやけの味」

色とりどりのゆうやけ――

おれんじ　ぶどう色
ばら色　すみれ色　ラズベリー色
れもん色　かき色
それぞれの場所をひとさじ
スプーンですくって口にふくむ想像をする。

それぞれの場所が
どんな味か思いうかべてみる。

12月12日

Dec

コートの
ポケットのなかで
手をつなぐ。

12月13日

Dec

「夢」

「夢」とは
なりたい職業ではなくて、
「あした」に恋をすること。
今をうれしく生きるために見る未来。
しっかりと目をあけて、見る。

12月14日

Dec

ひみつの計画を
行動に
うつす。

12月15日

Dec

やわらかくて
チクチクしない
ニットのぼうしを
手に入れる。

12月16日

Dec

ともだちや恋人をさそって
冬の海に行く。
マフラーをぐるぐる巻きにして
コートを着込んで
砂浜にねころんで
すいこまれそうな
空をみる。

12月17日

Dec

あたたかい部屋で
つめたいみかんを
ほっぺたに
あてる。

12月18日

Dec

恋人と
てのひらの大きさを
くらべっこする。
足の大きさを
くらべっこする。
靴を取りかえて
はいてみる。

12月19日

Dec

たったいま、おなじ時間に、
とおい氷の国で
オーロラが
色とりどりの羽根を
ひらめかせて
かがやいているようす。
まぼろしのような夜を
思いうかべてみる。

12月20日

Dec

音楽をかけて
そうじをする。
掃除機をかけながら
おおきな声でうたう。

12月21日

Dec

「ゆずの実」

ゆず湯にはいる。

ふやけたゆずの
あまずっぱいにおいをかいで
ゆぶねのなか
ひざをかかえて、まるくなってみる。

――ゆずの実みたいに。

12月22日

Dec

しずかな音楽を
ちいさく
ちいさく
かけて
ねむる。

12月23日

Dec

クルミとチョコレートの
ケーキを焼く。

型から
ふかっと
はずすときの幸福。

12月24日

Dec

「クリスマスイブ」

ろうそくの灯をともして
火のさきっちょが
セロファンみたいに
てろてろとゆれるのを見つめる。

しずかな夜
こころのなかで祈る。

12月25日

Dec

「クリスマスプレゼント」

自分以外のだれかが、
うれしくわらってくれるようなことを、　ひとつ。
そして
自分のこころが、
あたたかくぬくもるようなことを、　ひとつ。

12月26日

Dec

あと3日の命だとしたら――
なにをするか、
5つ、考える。

12月27日

Dec

あと3日の命だとしたら――
今の自分自身の性格
自分自身の見ている世界
暮らしている場所
大切なひとたち
できること――
すべてが3日で、消えてしまうのだとしたら
いとしいものは、なんだろう。

12月28日

Dec

いとしいひとに
キスをする。

一生に一度のような、
かけがえのなさで。
初めてで、最後のような、
せつなさで。

なみだのように
いとおしく。

12月29日

Dec

たいせつな人のために
祈る。
しらない人のために
祈る。

12月30日

Dec

願うのではなく
祈る。

12月31日

Dec

信じてみることにする。

あとがき

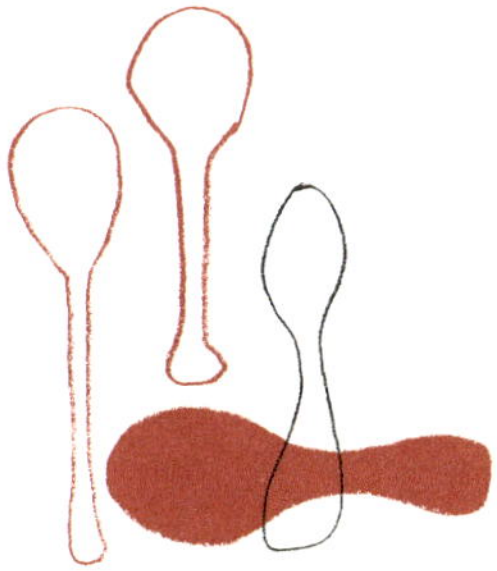

ちいさいころ、「お砂糖ひとさじで」という歌が好きでした。

この歌は、子どもの時、はじめてつれていってもらったディズニーの映画「メリーポピンズ」に、でてくる歌。

「苦いお薬も、スプーン一杯のお砂糖で、のめるようになるよ」

「いやなことも、くるしいことも、お砂糖ひとさじで、たのしいゲームのようになるもの――」

魔法使いのメリーポピンズは、うたいます。そして、映画の中のこどもたちは、その歌をうたいながら、いつのまにか、自分たちも魔法を使いはじめます。わたしは、この歌が流れるシーンで、自分にも簡単に魔法が使えるかもしれない、と、とても単純に、つよい気持ちになったのでした。


時々、自分の生きている世界は、幸福も不幸もほんとうはなくて、事実だけがあって、すべてが、まぼろしなのかもしれない、と思うことがあります。この世には、かなしみだけがあって、幸福などない、という人もいます。

だけどわたしは、幸福など幻想にすぎない、という人が百万人いたとしても、毎日の中の、熱いスープの湯気や、晴れわたった空の色――ひとさじのハチミツの甘さに、幸福を感じずにはいられません。うれしく生きていくことの方が大切で、まぼろしかどうかなんて、どっちでもかまわない。

大人になったわたしが知っているのは、自分で自分に幸福な魔法をかけることは、希望を持って生きていくための「知恵」なのだということ。そして、その手がかりは、まいにちの足もとに、笑い声みたいに、石ころみたいに、ころがっているということ――。

大好きだった、あの映画の歌みたいに、毎日にスプーン一杯の魔法をかけられるような――そんな本を作ってみたかったのです。

A
SPOONFUL
OF
SUGAR.

365日《にち》のスプーン

2005年12月25日　第1版第1刷発行
2016年10月5日　新装版第1刷発行

著者 おーなり由子《ゆうこ》

発行者 佐藤　靖

発行所 大和《だいわ》書房

東京都文京区関口1-33-4
電話・03-3203-4511

印刷 歩プロセス

製本 ナショナル製本

デザイン おーなり由子・秦 好史郎

ISBN 978-4-479-67095-7

http://www.daiwashobo.co.jp

参考図書：脇 雅世 著『梅干し・漬け物・保存食』